D1825001

2

Riccardo Pietrani

La Caccia
(Progetto Abduction file 2)

Titolo: La Caccia (Progetto Abduction, file 2)
Autore: Riccardo Pietrani
Copertina: Mala Spina

Il libro è la seconda parte di una saga. Per una corretta comprensione della storia si consiglia di leggere il primo volume: "Missing Time".

Quella che segue è un'opera di fantasia. Ogni riferimento a fatti o persone realmente esistenti è puramente casuale...

Forse.

«Non derido più le persone che dicono di aver visto un UFO, perché ne ho visto uno anch'io.»

Jimmy Carter, ex Presidente USA

1

Diagnosi

8

1.1

Lunedì 20 settembre, ore 09:20

«È proprio sicuro?»
Ormai Enrico aveva perso il conto delle volte che aveva rivolto quella domanda. Sembrava quasi averci preso gusto a sentirsi rispondere ogni volta di sì, o forse, semplicemente, a osservare l'espressione sempre più sbigottita del dottor Sandro Mariani, seduto di fronte a lui.

Il medico, dal canto suo, sebbene si sforzasse di far comparire sulla sua bocca una parvenza di sorriso, non riusciva a nascondere una sensazione a metà tra il fastidio e l'imbarazzo nel trovarsi al cospetto di un fenomeno in apparenza inspiegabile.

Empatia con il paziente, gli avevano inculcato in facoltà e durante la specializzazione. *Empatia un cazzo*, si ripeteva ormai da diverse ore. Senza contare la necessità di tenere a freno la sua foga chirurgica. Ma proprio a lui, il più brillante neurochirurgo dell'ospedale San Gerardo di Monza, con un master a Oxford e uno studio sulle staminali neoplastiche del glioblastoma che gli era valso il plauso di tutta la comunità scientifica, doveva capitare una cosa del genere?

«Aveva già avuto dei casi simili? O sono un miracolato? Di sicuro non è merito della mia fede, ho una lieve tendenza alla bestemmia» ironizzò raggiante Enrico, terminando la frase con una risatina. Una risatina fastidiosa, la sua, simile al verso di una capra. Con quella barba ispida, di un arancione sporco a mo' di foglia secca, gli occhiali con la montatura enorme e la camicia a scacchi rossa e nera, incarnava proprio l'archetipo dell'*hipster*, categoria che il medico aveva estremamente in antipatia. Per un attimo lo visualizzò mentre se ne andava via allegramente dall'ospedale, in sella a una bici a scatto fisso da un migliaio di euro. Chissà, magari un camionista di passaggio, sfinito per i chilometri macinati nella nottata, avrebbe potuto sbandare di lato per un improvviso colpo di sonno, proprio dal lato dove un imprudente ciclista dai capelli rossi aveva deciso di fregarsene della pista ciclabile...

«Sono unico? Sia sincero!»

Mariani, ripresosi da quei pensieri non esattamente in linea col giuramento di Ippocrate, gli lanciò uno sguardo pungente coi suoi piccoli occhi azzurri. *Bravo, gira il coltello nella piaga, pezzo di merda...* «No, sono sincero, mai vista una fenomenologia clinica del genere, signor Brambilla» *Dovevi proprio arrivare tu a farmi fare la figura dello scemo?* «un caso più unico che raro.»

Enrico si alzò in piedi e si diresse alla finestra del piccolo studio, osservando l'attività frenetica di una normale mattinata di lavoro monzese. Dall'alto dell'ottavo piano dell'ospedale si poteva avere una visuale ariosa, rilassante, connubio perfetto con la splendida notizia appena ricevuta. Il neurochirurgo, nel frattempo, incollato al monitor del PC, continuava ossessivamente a confrontare risonanze con contrasto e senza, TAC, varie tabelle di esami, alla disperata ricerca di un errore qualsiasi che invalidasse quella ridicola diagnosi: la sparizione di un meningioma frontale, probabilmente atipico anche se non c'era l'esame istologico a confermarlo, diagnosticato due mesi prima e la cui rimozione era già stata programmata di lì a breve. Quattro centimetri per quattro, tra l'altro, quindi una massa tumorale di tutto rispetto, anche se aveva manifestato la sua presenza solo da un paio di mesi con ripetute nausee e mal di testa. Eppure, nell'ultima risonanza eseguita il giorno prima (anzi, nelle ultime due, visto che era stata ripetuta), il tumore era sparito del tutto. Svanito senza lasciare traccia. Il cervello era ancora compresso e deformato in sede, ma la causa della deformazione, semplicemente, non c'era più. Sembrava che qualcuno l'avesse operato di nascosto... il problema era che non presentava alcun taglio, resezione, emorragia né segno di un qualsivoglia intervento.

«Quindi, nelle ultime due settimane sono sparite tutte le sintomatologie del tumore come le emicranie, la vista sdoppiata...»

Enrico annuì. «Esattamente, dottore. Ho fatto dei sogni strani, una notte, cose che non ricordo neanche. Poi la mattina mi sono svegliato con la testa pesante, ma da quel momento niente più dolore o percezioni anomale... ero tornato a posto.»

Il medico sospirò, con gli occhi fissi sul monitor.

«Può darsi che c'entri qualcosa? Che sia stato quello il momento della guarigione?» proseguì, dall'alto del suo metro e novanta «In quei giorni ho fatto molto training autogeno... a questo punto credo di dover rivalutare concetti filosofici come il potere della mente, l'autoguarigione, quella roba lì... le consideravo boiate, eppure sembrano aver avuto effetto. Oppure sono state le preghiere dei miei parenti.»

Un'ondata di felicità aveva travolto Enrico, di quella che ti solleva dieci centimetri da terra. Come non esserlo, d'altronde? Chi, di fronte a una craniotomia, con tutti i rischi annessi, non avrebbe avuto paura? Il pensiero di non doverla affrontare gli aveva tolto un peso enorme dal petto.

«Comunque, vedrò... consulterò dei colleghi» sospirò Mariani senza ascoltarlo, facendo scivolare controvoglia il dito sul touchpad «il suo caso sarà vagliato da esperti di tutto il mondo. Sarà richiamato in futuro per ulteriori esami, senza dubbio. Magari già questo sabato potremmo rifare un elettroencefalogramma.»

Sapeva che trattenere ancora Enrico sarebbe stato inutile. Le sue vene erano già state prosciugate dai prelievi e il suo corpo irradiato da ogni apparecchiatura possibile. Per altro, lui stesso aveva più volte insistito per farsi dimettere sia durante i giorni in cui gli era stato diagnosticato il tumore sia durante il pre-ricovero. Figuriamoci ora che sapeva di essere, in qualche modo, "guarito". La preoccupazione di Mariani, in fondo, era una sola: che un altro medico riuscisse a trovare una spiegazione là dove lui non era arrivato.

Uscito dallo studio, Enrico si diresse a passo svelto verso l'ascensore del settore A. Il verde sbiadito delle pareti della corsia ora gli sembrava più luminoso, i carrelli con sopra medicinali e strumentazione varia avevano un'aria meno minacciosa e anche le infermiere, della cui poca avvenenza si era lamentato in segreto col suo migliore amico, parevano più affascinanti.

Salito sul claustrofobico ascensore, tirò fuori il suo smartphone e cliccò su Whatsapp l'icona della sua fidanzata Marzia, a quell'ora in pausa dal lavoro.

"Amore, tutto confermato. Sono senza parole. Questa sera pesce e champagne, non me ne frega niente della raccomandazione di stare a casa... e poi ti aspetta una notte da sogno."

1.2

Martedì 21 settembre, ore 08:10

Nonostante il cielo cupo e qualche accenno di pioggia, Enrico si era svegliato con un sorriso smagliante. Lo attendevano altri quattro giorni a casa dal lavoro, una precauzione voluta dal medico e di sicuro non rifiutata. Un bacio a Wiggle, il suo bastardino color caffelatte, un incrocio di svariate razze, sempre in mezzo al letto, e nessuno a Marzia. Meglio non svegliarla ancora per un po'.

Il pensiero che a quell'ora avrebbe dovuto infilarsi il camice e le calze antitrombi prima dell'ingresso in sala operatoria gli causò un brivido, ma durò poco più di un battito di ciglia. Altro che digiuno pre-anestesia, ora avrebbe preparato una copiosa colazione per sé e la fidanzata. D'altro canto la cucina era da sempre il suo territorio, visto che Marzia era un totale disastro ai fornelli.

Avvitò la moka, riempita di caffè, e la mise sul fuoco, spalmò una decina di fette biscottate di miele e marmellata di pere, spremette quattro arance e tirò fuori un po' di cioccolato al latte dalla dispensa.

Mentre attendeva il gorgoglio della caffettiera, decise di dare un'occhiata a Facebook. Il giorno prima non si era connesso, troppa euforia per sprecare tempo sui social network.

La sua homepage era, come al solito, impestata dalle classiche stupidaggini che scrivevano i suoi amici: critica politica a casaccio sulla falsariga di *tutti a casa*, farcita di link scandalizzati per decreti vecchi di anni e spesso mai approvati; serate ad alto tasso alcolico con relativo numero di cocktail consumati, sfoggiato come un vanto anche da personaggi over trentacinque; diatribe post-partita tipiche del lunedì e la solita carrellata di *gattini* e *buongiorni*. Più e più volte si era ripromesso di fare una bella cernita delle amicizie e conseguente pulizia di quelle indesiderate, ma aveva sempre rimandato.

Mentre pensava a quale frase sarcastica digitare, si accorse di avere un messaggio privato da parte di una persona che non figurava tra i suoi amici. Cliccò e...

"Ciao Ricky, sono Antonio Mandara. Spero di non disturbarti, in fondo non ci sentiamo da tanti anni..."

«Ma dai! Antonio Mandara!» esclamò ad alta voce, ricordandosi di quel compagno delle medie.

"Come va? Ho saputo che dovevi subire un'importante operazione, me l'ha detto la madre di Giovanni. Spero sia andato tutto bene! Sai, io non abito più a Monza da due anni, ora vivo a Cambiago, però in questi giorni sto facendo un lavoro proprio in via Sarti, che se non sbaglio è la strada dove vivi tu. Magari ci potremmo incontrare per un caffè, se sei già uscito dall'ospedale. Mi farebbe piacere. Fammi sapere! Ciao."

«Cosa c'è?» chiese un groviglio di capelli castani arruffati con un pigiama a orsacchiotti, avvicinandosi a lui a passo scomposto. Marzia si era svegliata di soprassalto. Era bastata quell'esclamazione di poco prima a interrompere il suo sonno leggerissimo.

«Niente, un mio vecchio compagno delle medie. Obeso e mezzo scemo.»

Marzia si gettò a peso morto sulle spalle di Enrico, stampandogli un bacio sulla tempia e approfittando di quelle moine per una fulminea sbirciata alla sua chat. Quando si dice fiducia...

«Era proprio sfigatissimo» rincarò la dose Enrico, ridacchiando «mi ricordo di quella volta che arrivò a scuola con una confezione di patatine *Zio Pat,* da mangiare durante l'intervallo. Una marca mai vista, sicuro come l'oro presa al peggiore dei discount... oh, in dieci minuti si era finito un pacco che sarà stato da un chilo o giù di lì, macchiandosi dappertutto quel ridicolo gilè dei Doors!»

«Ma dai, come sei stronzo!» lo rimbrottò Marzia, dandogli uno scappellotto affettuoso in testa «E cos'era il gilè dei Doors?»

«Non immagini quante risate... un giorno si presenta con questo straccio comprato al mercato, di sicuro dalla madre» continuò a infierire lui «c'era la scritta "The Doors" e un faccione sulla schiena che in teoria avrebbe dovuto raffigurare Jim Morrison, mentre in realtà era la foto dell'attore che lo interpretava nel film!»

Enrico sogghignava con la sua risata da capra, scuotendo la testa. I ricordi di Antonio Mandara gli avevano procurato un surplus di buonumore. «L'abbiamo preso per il culo a ruota libera. Lui era testimone di Geova, allora dicevamo che era la faccia di Geova. Robe così, umorismo da ragazzini delle medie. Ma quanto ridere... e quanti pianti si faceva quel povero panzone.»

Dopo quest'ultima frase si zittì di colpo. Con gli occhi fissi sulla foto dell'avatar, ricordandosi di quelle guance pacioccone ora un po' incavate, si rese conto che, almeno, non era il caso di vantarsi di certe vigliaccate.

«Va beh, fammi andare a controllare il caffè» borbottò liberandosi quasi di forza dall'abbraccio di Marzia «altrimenti qua si brucia tutto.»

«Ehi! Che grazia!» lo redarguì la sua compagna «Una vuole farti due coccole... guarda, certe volte mi fai venire voglia di andarmene!»

«E vattene allora!» replicò Enrico dalla cucina, con un tono tra il divertito e l'infastidito «Si stava pure bruciando il caffè, porc...»

Pochi istanti dopo sentì dei passi pesanti quanto quelli di un elefante, seppur attutiti dalle ciabattine felpate, farsi sempre più vicini fino a pochi centimetri da lui.

«Me ne devo andare?» sbottò perentoria Marzia, guardandolo dritto negli occhi «Se vuoi faccio le valigie e me ne vado, Brambilla! Ti mando a fanculo!»

Enrico non le diede il tempo di dire altro: le stampò un bacio fulmineo sulle labbra, le sorrise e versò il caffè in una tazzina.

«È la nuova miscela biologica dell'Esselunga.»

Marzia lo scrutò coi suoi occhi grigio-azzurri. Presa alla sprovvista, tutta la rabbia che le stava montando si dissolse in un istante. L'ennesima litigata troncata sul nascere, con Enrico convinto trionfatore. Nove anni di convivenza di cui circa cinque di continui litigi e diverbi, talora ben più accesi di un semplice scambio di battute pungenti. Enrico era certo di avere la situazione in pugno, forte della proprietà della casa, avendola ereditata dal padre defunto prematuramente (la madre gliel'aveva lasciata quando si era risposata, andando a vivere nella casa del nuovo marito). Di conseguenza poteva permettersi continue uscite sopra le righe con la fidanzata, sapendo che, nell'impatto con la vita reale, la bilancia della convenienza pendeva dalla sua parte.

Ed era vero.

In parte.

Ignorava solamente la tresca che Marzia coltivava, da circa tre anni, con Gianluca, muratore saltuario di giorno e piccolo spacciatore di notte, spiantato e ignorante, ma ottimo compagno di letto. L'equilibrio perfetto in casa Brambilla si era comunque creato. O quasi.

Dopo circa un'ora, Marzia aveva preso l'auto per raggiungere la fermata di Sesto Marelli della Linea Rossa. Il percorso era il solito di ogni mattina: venti minuti di macchina, parcheggio, dieci minuti a piedi, mezz'ora di metropolitana fino a Porta Venezia, cinque minuti a piedi, scale fino al quarto piano (palazzo antico senza ascensore) e finalmente ufficio. Una routine di cui lei avrebbe fatto volentieri a meno, vista la sua scarsa propensione per un lavoro, come quello a Cercocasa, improntato esclusivamente sul procacciare contratti d'affitto. D'altro canto, però, sapeva benissimo di non potersi privare di quei soldi se voleva continuare a coltivare i suoi interessi imprescindibili: un pacchetto di Camel Light al giorno, un Gratta e Vinci da cinque euro il venerdì, la benzina extra per andare da Gianluca (visto che Enrico controllava i consumi in maniera piuttosto puntigliosa) e il parrucchiere ogni due settimane.

«Ciao a tutti» esordì entrando in ufficio, sbattendo con noncuranza sulla scrivania la borsa di Versace che le aveva regalato Enrico: uno strano miscuglio di ghirigori colorati con il logo della Medusa ben visibile al centro. Nonostante gli screzi, il fidanzato cedeva sempre alle sue pressanti richieste di borse e scarpe firmate, e tra Gucci oggi e Cavalli domani, finiva con lo spendere un capitale per lei. E Marzia era ben contenta di sfoggiare la preziosa merce e scatenare l'invidia delle colleghe. «Oggi non ne ho proprio voglia, sappiatelo.»

«E quando mai ce l'hai?» ribatterono quasi all'unisono i suoi colleghi Marco e Stefania, al lavoro già da un'ora. Ridacchiarono un attimo per questa bizzarra sincronia, poi tornarono entrambi seri.

«Stai attenta, è passato il capo poco fa» disse Marco sistemandosi gli occhialini «era tutto incazzato... mi sa che le filiali di Torino non stanno andando bene, a quanto ho capito.»

«Ah beh... e tipo 'sticazzi?» replicò Marzia «Cioè, finché paga...»

L'arrivo di un cliente mise fine a ulteriori commenti poco professionali. Brizzolato alla George Clooney, sopracciglia alte e sguardo intrigante, fissò immediatamente Marzia, come se puntasse proprio a lei.

«Buongiorno, prego si accomodi» lo accolse quest'ultima con un sorriso forzato, invitandolo a sedersi davanti alla sua scrivania.

«Buongiorno a lei» ricambiò il saluto l'uomo, togliendosi la giacca elegante e appoggiandola sulla sedia. La sua cadenza non era italiana, sembrava più anglofona. «Mi scusi, ho camminato a lungo e ho parecchio caldo.»

«Si figuri. Deduco non sia di Milano... ha fatto un giro della città?»

«Niente di particolare» rispose lui «sono stato al Castello Sforzesco, c'era una mostra interessante. Ma non voglio farle perdere tempo: le dico subito che mi serve una casa per un periodo di almeno un anno, un monolocale o un bilocale non molto grande. Io sono nato qui ma vivo a Dublino da quasi vent'anni...»

«Avevo intuito qualcosa del genere» annuì Marzia sorridendo.

«Ecco. Faccio l'architetto. Di recente un'azienda mi ha affidato un lavoro molto importante per l'ampliamento di una sua sede. Dato che dovrò seguire il progetto personalmente ma

anche terminare quello che ho in sospeso a Dublino, farò la...
la... come si dice? Ah, la *spola*, ecco. La spola tra Dublino e
Milano per almeno un anno. Spero che il periodo relativamente
limitato non sia un problema per un affitto.»

Seppur non molto portata per fare la venditrice, Marzia
aveva però una dote: sapeva distinguere, dopo una rapida
analisi dei gesti e delle prime battute, se si trovava davanti un
potenziale cliente interessato o un perditempo in cerca di
semplici informazioni facilmente reperibili anche da casa.
Ecco, quell'uomo le aveva fatto una stranissima
impressione. In apparenza non c'era nulla di anomalo in lui: un
quarantenne in carriera, abiti eleganti ma giovanili, barba corta
e curata con qualche pelo bianco. Proprietà di linguaggio
ottima nonostante l'accento, contenuto nei gesti e piglio deciso.
Eppure...

«No, certo, non c'è nessun problema.»

Eppure quella richiesta sembrava talmente perfetta, talmente
cadenzata sia nel tono che nell'espressione, priva delle
incertezze classiche di una trattativa, da risultare quasi una
recita. Anche quando aveva incespicato su quella parola, spola,
le era suonato come qualcosa di studiato ad hoc.

Gli chiese i documenti di rito per fare delle fotocopie.
Tommaso Albenga, quarantadue anni, nato a Milano, residente
a Dublino, celibe: tutto regolare all'apparenza. Li osservò con
particolare attenzione, quasi volesse cogliere un'anomalia.

«Bene, la cifra dovrebbe essere duecentoquaranta euro,
giusto?» chiese conferma l'uomo, mettendo mano al
portafoglio.

«Ehm... sì, esatto» rispose Marzia, sempre più interdetta.
Mai nessuno aveva tirato fuori i soldi senza fare la minima
obiezione o chiedere ulteriori delucidazioni. Incredibile. Il
contratto più veloce che avesse mai stipulato... fossero tutti così
i clienti!

Mentre l'uomo ravanava per tirare fuori i contanti, notò uno strano anello sul suo mignolo destro. Oro bianco, forse, o argento ben pulito, e una bizzarra pietra nera dai bordi irregolari incastonata in alto.

«Ecco qua, precisi.»

«Eh? Ah, ok!» riuscì a dire Marzia, ripresasi dal momentaneo imbambolamento «Aspetti che le do la sua copia del contratto.»

L'uomo prese il foglio, lo piegò in due e lo mise nella tasca della giacca, poi si alzò in piedi e se la infilò.

«È stato un piacere» disse porgendo la mano a Marzia.

«Grazie, mi metterò subito alla ricerca» ribatté lei sorridendo e stringendogli la mano.

Nell'istante in cui i palmi si sfiorarono avvertì uno strano formicolio. Quando iniziò a sentire un certo fastidio alla tempia cercò di liberarsi dalla stretta, ma l'uomo non mollò finché non vide un chiaro segno di dolore sul viso di Marzia.

«Tutto bene, signorina?» le chiese con apparente preoccupazione.

«Sì... sì, ho avuto solo una fitta alla testa» rispose lei «ma è già passata.»

«Le ho stretto la mano troppo forte?»

«Ma no, si figuri...»

Osservando per un attimo la mano del cliente, le cadde di nuovo l'occhio su quella strana pietra nera. Mai vista una pietra del genere... Per un attimo provò il desiderio di saperne di più e fece per chiedere delucidazioni al signor Albenga, ma non riuscì a trattenerlo oltre dopo il suo secco buongiorno e un sorriso di circostanza.

«Che culo, un contratto servito su un piatto d'argento, e pure di prima mattina» commentò Marco con una punta d'invidia appena la porta si fu richiusa «poi ti lamenti anche?»

Marzia non replicò. Era convinta che, in un modo o nell'altro, negli ultimi dieci minuti fosse successo qualcos'altro, oltre alla stipula di un contratto d'affitto. Qualcosa che non riusciva proprio ad afferrare.

1.3

Ore 10:42

Dopo aver perso un po' di tempo su Facebook e su Amazon in cerca di qualche articolo interessante, Enrico pensò che quella mattinata libera fosse un'occasione da sfruttare per fare un giretto anche sul suo sito porno preferito, che non visitava da parecchio.

Tuttavia, ancor prima di digitare l'indirizzo, il suo sorrisetto malizioso fu smorzato sul nascere dalle pressanti lamentele di Wiggle, che supplicava di essere accompagnato a fare la sua passeggiata. Seduto al suo fianco, gli stava massacrando la coscia a suon di zampate e il timpano destro coi suoi guaiti lamentosi. Impossibile raggiungere la necessaria *concentrazione*, in quella circostanza.

Enrico lo fissò per un secondo. Nonostante avesse ormai passato i dieci anni, aveva un tono muscolare più che invidiabile e soprattutto non tollerava ritardi nelle sue uscite giornaliere: anzi, nelle giornate di festa pretendeva una permanenza molto più lunga nell'area cani. Per un attimo, si chiese come sarebbe stato ritrovarsi con un bestione di cinquanta chili, tipo un Rottweiler, al posto di un bastardino tutto sommato gestibile come lui.

«Va bene, va bene, cagnaccio petulante» disse un po' infastidito «adesso andiamo!»

Si alzò, si cambiò al volo la maglietta casalinga con una felpa con cappuccio dalla simpatica scritta *Odio gli Hipster* sul davanti e si infilò le sue Nike Squalo bluastre. Nonostante l'abbigliamento li ricordasse da vicino, lui odiava sul serio la categoria degli Hipster e non voleva assolutamente essere etichettato come tale. Quale hipster, in effetti, avrebbe venduto con nonchalance la collezione di vinili del padre? E quale avrebbe indossato un paio di Nike Squalo?

Si diresse verso la cesta che conteneva tutti i giochini distrutti, le corde spezzate e le museruole mangiucchiate, e tirò fuori un guinzaglio a strozzo con una catena di ferro, un oggetto più adatto a un molosso aggressivo che a un ammasso di pelo come Wiggle. Il cane iniziò a saltare in giro per la sala, felicissimo, ancor prima di farselo infilare.

«Sei contento eh, stronzetto?» lo apostrofò Enrico «Io veramente ero impegnato...»

Diede un'occhiata sconsolata al Mac in camera. «Va beh, magari dopo...»

Come al solito, Enrico percorse i cento metri che separavano l'area cani da casa cercando di contenere l'estrema irruenza di Wiggle. In quei momenti la sua forza sembrava decuplicarsi e da piccolo bastardino di venti chili scarsi si trasformava in un bulldozer.

Sia benedetto il collare a strozzo...

Superata la cancellata verde liberò il suo compagno a quattro zampe, che poté così esibirsi in una corsa liberatoria degna di un levriero, e andò a sedersi su una delle tre malconce panchine di legno.

«Cazzo è?» borbottò a bassa voce, avvertendo qualcosa sotto i jeans attillati. Rialzandosi in piedi, si accorse di avere un mozzicone di sigaretta sotto al culo. Osservò sconfortato anche i numerosi doppioni per terra, residuo di chiacchierate tra padroni di cani.

«Col cestino a un metro... dovete morire male.»

Dopo la breve invettiva contro la stupidità umana, anzi, contro quegli umani che si divertono a riempirsi i polmoni di catrame e, non contenti, a inquinare con il massimo disprezzo e menefreghismo, Enrico tirò fuori il suo iPod nano, si infilò gli auricolari e scrollò la lunghissima selezione di brani. Un po' di musica, magari, avrebbe placato il suo nervosismo. Da ambientalista convinto proprio non tollerava simili comportamenti.

«Enrico!»

Non era nemmeno partita la prima traccia che un vocione baritonale urlò il suo nome dall'altra parte della strada. Si tolse le cuffiette e tentò di capire di chi si trattasse attraverso le fronde delle siepi. Pancia prominente, camminata goffa, testa girata di tre quarti, capelli spettinati e pieni di forfora: era Antonio Mandara, proprio come se lo ricordava ai tempi della scuola.

«Antonio!»

«Ehilà, aspetta che arrivo.»

Il suo ex compagno di scuola attraversò la strada e si piazzò davanti alla cancellata verde, in uno spazio libero dalla vegetazione.

«Dai, vieni dentro! Che fai lì?»

«Eh, no, no, vieni tu» rispose Antonio un po' imbarazzato, dando occhiate di traverso a Wiggle.

Enrico tergiversò un istante, poi intuì il motivo e sospirò. *Mai fidarsi di uno a cui non piacciono i cani*, gli ripeteva sempre suo padre buonanima.

Quel leggero piacere che aveva provato nel rivedere una persona con cui aveva trascorso molti anni durante l'adolescenza, stava già venendo meno. Tanto più ora che avrebbe dovuto attraversare dieci metri di prato disseminato di cacche di cane. E dire che lui, da bravo cittadino rispettoso, le raccoglieva sempre. Del resto, se fosse uscito lasciando Wiggle da solo dentro l'area cani, il povero cucciolotto avrebbe iniziato a guaire fino a far uscire sul balcone ogni singolo pensionato dei palazzi vicini.

«Ti vedo dimagrito!» esclamò Antonio, forse sperando di sentirsi dire lo stesso.

«Sarà stato lo stress» ipotizzò Enrico, facendo lo slalom con le sue Squalo «come sai, ho avuto un po' di problemi ultimamente.»

«Eh, ho saputo. Ma dimmi un po', a proposito: come stai?»

«Che dirti... direi bene» sorrise Enrico «in pratica mi avevano diagnosticato un meningioma nell'area sinistra del cervello. Quando ho visto la risonanza... mamma mia, mi stava per venire un colpo!»

«Posso solo immaginare, caspita. Dev'essere stata molto dura.»

«Altroché. Per fortuna c'era Marzia accanto a me, tutto questo tempo. Comunque, abbiamo analizzato la situazione col neurochirurgo e abbiamo deciso la data dell'intervento, che doveva essere due giorni fa.»

«Invece all'improvviso ti ritrovi senza meningioma, dico bene?» chiese conferma Antonio, con l'aria quasi da detective.

«A quanto pare sì. Abbiamo fatto due risonanze, due TAC, insomma ogni sorta di esame, eppure si vede semplicemente un buco, cioè lo spazio che occupava il meningioma, e nient'altro. Buco che sarà riempito dal cervello nel giro di qualche mese, quando tornerà alla dimensione originaria.»

«Sarai al settimo cielo, immagino!» commentò Antonio «Senti ma... tu non hai percepito nulla? Cioè, il tumore, tra la prima risonanza dov'era visibile e la seconda, deve essere sparito in qualche modo. Non hai, che so, una sensazione qualsiasi?»

«Niente di particolare.» rispose Enrico, girandosi per dare un'occhiata a Wiggle. Si era già stufato di chiacchierare con

Antonio Mandara e ora ricordava uno dei motivi per cui veniva costantemente isolato da ragazzo: il suo alito fetido e la tendenza ad accostarsi progressivamente al suo interlocutore, una combo micidiale per qualsiasi conversazione. E anche qualsiasi rapporto umano in generale. Per fortuna c'era la rete metallica a dividerli.

«Ma dai, niente di niente? Davvero? Che ne so, qualche allucinazione, qualche deja-vu... dei mancamenti?»

«Cioè? Che legame dovrebbe avere questa roba col meningioma?» chiese stranito Enrico «Semmai svarioni e percezioni alterate erano conseguenze del meningioma stesso. C'è stata giusto quella notte, due settimane fa, un po' particolare... ma va beh.»

Gli occhi di Antonio si illuminarono. «Una notte particolare? Racconta, racconta, che sono curioso!»

«Ma niente di che» minimizzò Enrico un po' infastidito, vedendo infranta la speranza di troncare la conversazione «c'è stata una notte in cui ho avuto un sonno travagliato... a volte mi sembrava di trovarmi sospeso fra sonno e veglia, ma era tutto estremamente confuso. L'unica cosa concreta è che, dal giorno dopo, sono spariti sia il fischio alle orecchie sia il mal di testa costante provocati, molto probabilmente, dal meningioma. Ma secondo il neurochirurgo non vuol dire nulla, quindi...»

«Non vuol dire nulla, eh?» ribatté ironico Antonio «Tu ne sei convinto?»

Enrico aggrottò le sopracciglia. «Scusa, che vorresti dire?»

«Beh, che tutto può essere nella vita. Tutto può essere. Anche gli eventi più strani, più incredibili, si possono verificare.»

L'espressione saccente che aveva sul viso mentre pronunciava quelle parole fece irritare non poco Enrico. Era proprio come ai tempi delle scuole medie quando sparava le sue colossali baggianate credendosi una sorta di oracolo.

L'essere testimone di Geova, in tutto questo, di sicuro non lo aiutava, e non faceva fare loro una bella figura.

«Comunque adesso vado, devo tornare al lavoro» fece Antonio «la pausa è finita. Tanto ci vedremo nei prossimi giorni, avremo da fare in questo condominio per un bel po'.»

Enrico tirò un sospiro di sollievo. «Ciao, Antonio.»

Mentre attraversava la strada, ebbe modo di vederne i contorni sformati anche da dietro. *L'omino Michelin è più proporzionato e più simpatico di questo barile di lardo*, pensò, sperando al contempo di non incontrarlo più. Quella volta era stata più che sufficiente.

Antonio tornò al suo furgone per prendere dal retro una bobina di rame che gli aveva chiesto suo padre. Si diede un'occhiata in giro per assicurarsi di non essere notato, dopodiché prese il cellulare e selezionò l'ultima chiamata effettuata.

«Pronto.»

«Tutto confermato» rispose alla voce sibilante, mentre osservava Enrico, ormai lontano, che rientrava dal cancello di casa «procedo secondo il piano.»

Ore 20:34

Mentre Enrico era spaparanzato sul divano a guardare su Netflix una puntata di Daredevil, la sua serie TV preferita, Wiggle scattò in piedi con le orecchie alzate.

«Che succede, funghetto? Sta arrivando la mamma?»

Il cane si girò di scatto e scodinzolò, sempre restando sull'attenti. Doveva aver sentito il motore della Matiz di

Marzia o la *cler* del box che faceva un macello terribile, o chissà cos'altro. Fatto sta che raramente si sbagliava. E infatti, tempo un paio di minuti, si udì il rumore delle chiavi nella toppa.

«Ciao, amore!» esclamò Marzia entrando e contenendo a fatica la felicità di Wiggle nel rivederla «Buono, buono, sta' giù! Dai che adesso ti do il tuo Dentastix!»

Sentita la parola magica, il cane si mise seduto senza alcun comando particolare, in attesa della sua ricompensa. Marzia andò in cucina, tirò fuori lo snack e glielo diede, facendolo saltare di gioia sul divano a sgranocchiarlo.

«E che cazzo, Wiggle, ci sono io!» sbottò Enrico, lamentandosi dell'invasione di campo. Metà posteriore del bastardino era sulle sue gambe.

Marzia fece una faccia schifata. «E meno male che ti avevo chiesto di pulire...» lo redarguì, alzando da terra un calzino grigio e sporco «nuotiamo nei peli del cane! Una passata con la scopa era troppo faticosa?»

«Eddai, madonna» rispose Enrico, cercando di farla spostare visto che occupava metà visuale del televisore «domani pulisco tutto, promesso. Per un giorno in più non muore nessuno.»

«Certo, perché non rimandare a domani quello che avresti potuto fare oggi? Mi pare logico.» ribatté lei sarcastica.

Enrico aveva intuito che la sua compagna non era tornata a casa con la scintilla del litigio addosso, cosa che succedeva di solito quando aveva avuto grossi problemi sul lavoro o lo stipendio non era apparso sul conto corrente il giorno stabilito; decise comunque di non tirare troppo la corda e non diede più seguito alle risposte piccate. «Andiamo a mangiare, dai. Stasera preparo _ zuppa di lenticchie e patate, che ne dici?»

«Va bene, va bene. Sbrigati però, tra poco c'è *Un posto al Sole* e poi *Chi l'ha visto*. E soprattutto, vedi di non farmi trovare dentro un pelo della tua barbaccia incolta, come al solito.»

«Allora, come sono le lenticchie?»

«Buone...» fu il commento lapidario di Marzia, intenta a seguire sulla piccola televisione in cucina le vicende di Marina Giordano e Roberto Ferri, due dei protagonisti della soap opera napoletana. Cosa ci trovasse in quel trionfo di banalità Enrico non riusciva proprio a capirlo.

«E oggi, invece, com'è andata? Contratti?»

«Uno io, uno Marco» rispose lei un po' infastidita «due Stefania.»

Niente da fare, non bisognava disturbarla durante la visione dei suoi programmi di riferimento. Anche se Enrico lo sapeva bene, tentava ogni volta di iniziare una conversazione qualsiasi.

«Invece io, stamattina» riprese sfiduciato «ho incontrato Mandara mentre portavo giù Wiggle. Il ciccione di Facebook, ricordi?»

Lei annuì distrattamente.

«Vedessi, non è cambiato per niente. Ha lo stesso alito fetido e la stessa petulanza di vent'anni fa. Insopportabile, davvero...»

Marzia, dopo aver ripulito il piatto, alzò il cucchiaio sporco di lenticchie e lo rimirò un po'. «A dir la verità, qualcosa di strano c'è stato oggi in ufficio.»

«Ah sì?» fece Enrico di rimando, ringalluzzito dal probabile avvio di una conversazione decente «Cosa, in particolare?»

Marzia non rispose. Sembrava imbambolata a guardare il cucchiaio, senza apparente motivo. All'improvviso, senza aggiungere altro, lo posò sulla tovaglia. Di sicuro in quella posata non avrebbe trovato ulteriori notizie sull'uomo misterioso, sull'anello con la pietra nera, su quella strana fitta dopo la stretta di mano, pensieri che le giravano in testa da tutto il giorno. «No, niente di che.»

«Ma come niente? Dai, cosa stavi dicendo? Fai la seria!»

«Niente, ho detto niente» sbuffò lei «vado sul divano, tu prima sparecchia.»

Detto questo, si alzò e con naturalezza si diresse verso il divano in sala, a sprofondare sui cuscini. Enrico rimase con una faccia da ebete, poi sparecchiò e lavò i piatti mentre sull'altra televisione partiva la sigla di *Chi l'ha visto*.

«*Buonasera a tutti*» annunciò la conduttrice Federica Sciarelli «*sono appena arrivate in redazione, pochi minuti fa, notizie inedite riguardanti il caso di Federico Bonfanti, il ragazzo scomparso sei giorni fa da Monza...*»

«Federico Bonfanti?» ripeté Enrico, precipitandosi in sala e lasciando perdere i piatti «Cosa sta dicendo?»

«Se stai zitto forse riesco a sentire!» lo rimbrottò la sua compagna. Avevano seguito la vicenda di Federico Bonfanti sul telegiornale di LA7, dove la famiglia aveva lanciato il consueto appello a chiunque l'avesse visto: durante la messa in onda delle foto, Enrico aveva riconosciuto un suo ex compagno di università, quando frequentava la facoltà di Lettere alla Statale di Milano. Un tizio un po' strano, introverso, timido, ma ligio allo studio senza la minima sbavatura. Sognava di fare il giornalista, da quello che ricordava.

«*Come sapete, Federico stava andando a prendere la sua fidanzata Laura al lavoro, alla ditta Michelini, una fabbrica di lavorazione di metalli leggeri, dove è impiegata come segretaria. Laura terminava il suo turno alle sei, ma Federico non è mai arrivato. Nessuno dei suoi amici o parenti ha più ricevuto notizie, così come la sua compagna. Tutti parlano di una persona assolutamente regolare, che teneva molto alla puntualità e alla precisione...*»

«Me lo ricordo... tutti a fare pause nel chiostro dell'università, a fumarci canne su canne, a frequentare una volta su tre... lui invece sempre in aula, sempre con gli appunti in ordine.»

«Voglia di lavorare portami via» disse Marzia in tono sarcastico «oggi come allora. Comunque adesso taci.»

«Sì, va beh, ma mica...»

L'eloquente gesto di Marzia davanti alla bocca lo fece desistere da ulteriori repliche.

«Bene, la notizia arrivata in redazione e confermata proprio adesso è il ritrovamento» annunciò la conduttrice, scandendo bene le parole per creare il giusto pathos *«della sua automobile, una Panda nera, nel parcheggio dello Stadio Brianteo di Monza. L'auto è in apparenza intatta, nessun segno di colluttazione intorno. Non sembrano esserci delle tracce evidenti... questo almeno è quanto trapela dagli inquirenti, visto che le indagini ovviamente sono ancora in corso.»*

«Che brutta storia.»

Dopo aver finito di vedere il programma andarono a letto con un certo senso di fastidio addosso. La vicenda non li riguardava, eppure provavano entrambi una sensazione di disagio che non si confessarono l'un l'altra.

2

Il messaggio

2.1

Mercoledì 22 settembre, ore 10:30

«Sì, lo so, adesso andiamo, adesso andiamo...»
Come di consueto, le unghie sbeccate della zampa sinistra di Wiggle avvertivano Enrico, sdraiato beatamente sul divano, del ritardo sulla tabella di marcia. Come facesse quel cane a spaccare il minuto con la richiesta del suo giretto rimaneva un mistero, neanche avesse un orologio atomico incorporato.

Si tirò su controvoglia visto che, oltretutto, il cielo plumbeo non preannunciava nulla di buono e Wiggle bagnato era in grado di sporcare tutta la casa in meno di due minuti.

Dopo aver passato meno di un quarto d'ora nell'area cani iniziò a piovigginare. Alle prime gocce d'acqua Enrico pensò bene di battere in ritirata nonostante le proteste di Wiggle, che proprio non voleva saperne di ascoltare i richiami del padrone e tornare al guinzaglio. Quando finalmente riuscì a riprenderlo, la pioggia stava cominciando a scendere copiosa, così i due fecero una corsa scomposta fino alla tettoia del cancelletto d'ingresso.

«Mi devi obbedire, cazzo!» sbottò Enrico, visibilmente irritato per le scarpe tutte bagnate «La prossima volta ti lascio lì. Anzi, ti abbandono in un bosco.»

Mentre Wiggle aveva tutta l'aria di fregarsene di quelle lagne, pensò di dare una controllata alla cassetta della posta. Pubblicità di prodotti per capelli, offerte di un supermercato, pizzeria egiziana appena aperta...

E *questo che cazzo è?*
Attirò la sua attenzione un foglio A4 pieno di caratteri sgraziati e di colori sgargianti, di una bruttezza unica a livello grafico. In alto campeggiava l'immagine di un UFO scaricata in bassa risoluzione da qualche sito.

TI SEI MAI FERMATO A RIFLETTERE SUL FUTURO DELL'UMANITÀ?
Ormai è sotto gli occhi di tutti: il mondo è precipitato in un baratro di autodistruzione senza alcuna apparente via di uscita. Sempre più conflitti sconvolgono intere nazioni; l'economia è manovrata nelle segrete stanze della finanza, che fa il bello e il cattivo tempo; il terrorismo miete vittime innocenti solo perché non in linea al proprio credo religioso o politico.
MA È PROPRIO QUESTA LA REALE ROVINA DELLA NOSTRA SPECIE?
NO. Non lo è, e sono sicuro che lo sai già. Basta guardarsi dentro un attimo e chiedersi: quante volte ho anteposto gli interessi personali a quelli di qualcun altro, pur sapendo di recargli danno? Quante volte nel mio piccolo ho rubato, imbrogliato, mentito, fregandomene anche se sapevo di non fare qualcosa di corretto?

Enrico era combattuto: da un lato, una voce nella testa gli suggeriva di gettare via quella schifezza e portare a casa il cane; dall'altro, il suo istinto masochista e la sua curiosità lo tenevano incollato a quelle righe deliranti.

È molto facile dare la colpa agli altri, a entità oscure e intangibili, quando invece lo sforzo principale dovrebbe venire da ognuno di noi. Lo sforzo per creare una NUOVA ERA:

un'era di benessere, di comprensione reciproca, di convivenza pacifica.

LO SO, A QUESTO PUNTO TI STARAI CHIEDENDO: MA È DAVVERO POSSIBILE ARRIVATI A QUESTO PUNTO?

La risposta è sì, ma non per tutti. Hai capito bene: non siamo tutti destinati a far parte del nuovo mondo, della nuova era, della nuova umanità. E quale sarà la discriminante per poter entrare a farne parte? Chi ha deciso quali sono gli uomini meritevoli e quali no?

Per ora posso solo dirti che, se stai leggendo questo foglio, sei con tutta probabilità un candidato alla salvezza. Per saperne di più vieni a trovarci a Monza in via Mentana 14. Ci ritroviamo il giovedì alle 18:00. Spero di vederti presto.

Un futuro di luce
Pastore Alessandro Mangiagalli

Enrico rimase qualche secondo a fissare il foglio. Era senza dubbio la cosa più stupida e al contempo più inquietante che avesse mai letto. Che cavolo doveva essere, una sorta di delirio New Age? Per non parlare di quell'immagine tristissima dell'UFO in cima, che probabilmente avrebbe preferito volarsene via lontano da quel tripudio di banalità.

«Che dici, lo portiamo alla mamma così stasera si fa una risata?» disse a Wiggle, che parve annuire con uno scodinzolio. Dopodiché richiuse la cassetta della posta e salì in casa.

2.2

Ore 15:40

Enrico uscì soddisfatto dalla doccia. Mezz'ora sotto l'acqua quasi bollente, proprio come piaceva a lui, aveva rigenerato il suo corpo dopo l'estenuante sessione di allenamento in bici. Erano gli ultimi due giorni di vacanza dal lavoro e aveva intenzione di goderseli per bene: così, dopo aver riportato su in casa Wiggle, aveva preso uno *shaker* di maltodestrine e una bustina di miele e via per oltre sessanta chilometri. Non amava molto gli sport: pedalare sembrava essere l'unica attività di suo gradimento, nonché l'unico modo per mantenersi al di sotto degli ottanta chili nonostante l'appetito più che abbondante. Vista la sua altezza, rimaneva un peso di cui andare fieri.

Diede un'occhiata ai vestiti sudati usati per l'allenamento, ora buttati alla rinfusa sul pavimento, ma decise di rimandare l'incombenza di lavarli a tempi migliori. Si mise l'accappatoio e le ciabatte e si diresse verso la dispensa. Non aveva voglia di cucinare, ma di stare a digiuno non se ne parlava neanche, così afferrò una confezione di wafer alla nocciola e cominciò a divorarli a un ritmo frenetico. Nel lasso di tempo che impiegò per infilarsi un paio di boxer, sedersi sul divano e accendere la televisione, ne aveva già fatti fuori quasi metà.

Dopo qualche secondo di zapping, improvvisamente il citofono gracchiò, facendolo sussultare dalla sua comoda posizione.

Non aveva idea di chi potesse essere a quell'ora. Un corriere? Fece mente locale, pensando a qualche ordine in sospeso da Amazon, ma non gli si accese nessuna lampadina.

Alzò la cornetta, infastidito. «Chi è?»

«Enrico, sono Antonio. Disturbo?»

Oh madonna, e che cazzo vuole questo adesso?

«Ehm... no, no...» rispose poco convinto «cosa c'è?»

«Potresti scendere un attimo? Dobbiamo parlare.»

«Eh? Parlare? E di cosa?»

«Se scendi ti spiego, è importante.»

Il suo tono di voce era più irritante del solito.

«Ma cazzo, ho appena fatto la doccia... non puoi venire un'altra volta?»

«Per favore, Enrico» lo implorò Antonio dall'altro lato del citofono «è davvero importante, non sto scherzando!»

«Va bene, va bene...»

Enrico sbuffò e ripose la cornetta sbattendola. Indossò al volo le prime cose che trovò sulla sedia, un paio di pantaloni neri e una maglietta arancione stinta, e uscì dalla porta. Fece le scale di corsa, maledicendo il suo ex compagno di scuola, e arrivò al portone d'ingresso, da dove intravide la sagoma di Antonio accanto a quella di una ragazza.

Percorse il vialetto che portava al cancello esterno e nel tragitto poté passare ai raggi X la fisionomia di quella ragazza, che sembrava migliorare a ogni passo. Il suo aspetto e il suo modo di vestire erano quelli tipici del gotico dark: i pantaloni neri attillati, pieni di catene e catenelle, svelavano due cosce tornite e un sedere più che sodo, e dalle pieghe del giubbotto di pelle borchiato si intuiva un seno decisamente prosperoso.

«Enri, scusami se ho insistito» disse Antonio cercando di avvicinarsi.

«Non c'è problema» ribatté Enrico, divenuto all'improvviso accomodante «Piacere, Enrico.» aggiunse poi rivolgendosi alla ragazza. Le diede la mano raggiante, tentando un approccio.

«Carmela, piacere mio.»

Enrico era estasiato. Quella fanciulla era splendida. Il movimento delle sue labbra carnose era sensuale come raramente gli era capitato di vedere in una donna, e i capelli corvini a caschetto incorniciavano un viso dai lineamenti estremamente delicati, quasi da bambina. La sua pelle aveva un candore pressoché immacolato, macchiato soltanto dall'ala di un tatuaggio che le spuntava sul collo.

«Quello cos'è?»

«Eh? Dici questo?» rispose lei, tirandosi giù la zip del giubbotto e il collo del maglione. Comparve una rondine disegnata in stile tradizionale con in bocca una bandiera con su scritto *love,* ma gli occhi di Enrico si soffermarono più che altro sulla spallina del reggiseno di pizzo che si intravedeva appena.

«Che bello...» commentò quasi con la bava alla bocca.

«Comunque, noi siamo venuti per parlarti di una cosa» interruppe l'idillio Antonio, cercando di attirare l'attenzione del suo ex compagno di scuola «per caso hai trovato qualcosa nella buca delle lettere della posta?»

«Siete fidanzati?» chiese Enrico di getto, senza ascoltarlo.

«Ma va!» rispose ridendo Carmela, mortificando il povero ciccione «Siamo solo amici. Anzi, compagni di gruppo.»

«Enrico, allora? Hai trovato qualcosa, sì o no?» ripeté Antonio quasi disperato, nel tentativo di deviare su di sé lo sguardo ebete dell'amico.

«Cassetta della posta? Ma a che ti riferi...»

Enrico si bloccò quando ebbe l'agghiacciante illuminazione.

«Sei stato tu a lasciarmi quella cagata di foglio?»

Antonio esitò un attimo. «Ehm, sì... sono stato io.»

La sua espressione tradiva in maniera eloquente la delusione per la reazione di Enrico, che non era stata proprio quella desiderata.

«E che roba sarebbe? L'ho preso giusto per farmi qualche risata con Marzia. Cos'è, ti sei dato alla spiritualità New Age adesso?»

«Ma no, che New Age! In pratica...»

«Chi è Marzia? La tua ragazza?» intervenne Carmela, fissando Enrico coi suoi occhioni ammalianti.

«Marzia? Sì, sì... è la mia fidanzata...» sospirò lui, preso in contropiede. Pur non essendo un tipo timido, quella bomba sexy riusciva a metterlo in soggezione.

«Convivete?»

«Sì, ormai sono nove anni...»

Antonio assisteva allibito alla conversazione, che stava assumendo sempre più i contorni di un flirt.

«Veramente stavo parlando io» sussurrò. Si sfregò le mani contro le maniche del piumino, un chiaro segno di nervosismo. «Sul serio, Enrico. Quella lettura non ti ha stimolato per nulla?»

«Come no! Diamine se mi ha stimolato. Però sarebbe meglio soprassedere nello specifico, sai, ci sono delle signore...»

Carmela scoppiò a ridere, mentre Antonio iniziava a spazientirsi, anche se cercava di non darlo a vedere.

«C'erano scritte di quelle robe...» aggiunse Enrico rivolgendosi alla ragazza con una faccia schifata «frasi idiote sul futuro dell'umanità, risveglio delle coscienze, bla bla bla...»

«Beh, dai, adesso non esagerare! Non essere così drastico! Mica erano tutte stupidaggini... guarda che mi offendo!» ribatté lei cogliendolo di sorpresa.

A quelle parole il sorriso sul volto di Enrico scemò in fretta. Nel giro di qualche secondo rianalizzò la situazione e si rese conto di essere stato abbastanza ingenuo. «Non è che per caso, quando prima mi hai parlato di *gruppo*, intendevi quello che *si riunisce ogni giovedì alle 18:00* come scritto sul volantino?» le chiese, già sicuro della risposta.

«Intendeva proprio quello» si intromise Antonio, stufo di quella tiritera «siamo venuti giusto a parlartene, se ci dai modo di farlo.»

D'un tratto, l'incredibile sensualità di quella strabordante panterona iniziò a puzzare di specchietto per le allodole. Enrico realizzò di non trovarsi davanti a una dolce fanciulla solo un tantino maliziosa, ma alla versione porta a porta di una tele-imbonitrice.

«Cos'è che volete?» sospirò con voce affranta.

Antonio assunse una posa ridicola, pensando di risultare una specie di saggio. «Come posso spiegartelo? Tu sei speciale, Enrico.»

«Wow, come chiosa non c'è male» replicò lui sarcastico «se il resto del discorso è su questa linea...»

«Dai, sono serio. Vedi, il nostro gruppo riunisce tante persone che si sono trovate in determinate situazioni... forse hai già capito a cosa mi riferisco.»

Il pensiero di Enrico andò a quel fantomatico UFO rappresentato sul foglietto.

Non ci credo...

«Tutti noi abbiamo avuto delle esperienze particolari» intervenne Carmela con un tono di voce più posato rispetto a prima «alcuni non le hanno mai raccontate, altri non sono stati creduti, altri ancora non sono nemmeno sicuri di quello che hanno vissuto. Sono fatti che trascendono la nostra comprensione, è naturale che abbiano un effetto sconvolgente sulla psiche umana.»

Parlava con un candore e una naturalezza incredibili. Tanta era la sensualità della sua bocca quanto risibili le parole che ne uscivano.

«Cioè, scusate un attimo, fatemi capire: voi siete un gruppo di persone che si ritrova a parlare delle proprie esperienze con gli UFO?»

«Percepisco incredulità nella tua voce, ed è comprensibile» commentò Antonio con fare da professore «ma qui non stiamo parlando della follia di un singolo. È ormai un fenome...»

«Sì, sì, tutto quello che vuoi» lo interruppe Enrico spazientito «ma vorrei capire cosa c'entro io. Non mi pare di essere mai stato *rapito dagli alieni*» fece il segno delle virgolette «quindi non so cosa potrei condividere con voialtri.»

«Secondo te, come ha fatto il tuo tumore a sparire?» gli chiese Antonio andando dritto al punto.

Enrico rimase zitto un paio di secondi, allibito. «Non vorrai dirmi che...»

«Ti sei risposto da solo.»

Un sorriso di scherno apparve sul volto di Enrico, accompagnato da una scrollata di spalle. «Mi sa che sei diventato ancora più coglione di quando avevamo dodici anni.»

«Rifletti un attimo» riprese Antonio mostrando una calma invidiabile «tu avevi un meningioma di quasi quattro centimetri per quattro; hai fatto la risonanza circa due mesi fa e vista la non particolare urgenza, hanno deciso di programmare l'operazione all'altro ieri. Poi tre giorni fa ti hanno rifatto un'altra risonanza per verificare un'eventuale crescita e invece il meningioma è sparito! Può avere un senso, secondo te?»

«No, scusami un attimo» lo incalzò Enrico «come fai a sapere queste cose con precisione? Non te ne ho mai parlato nei dettagli!»

«Ecco un'altra cosa che scoprirai se vieni con noi.»

«Con voi dove? Nel vostro gruppetto? Ma cosa siete di preciso, una setta?»

«No, ma quale setta... Te l'ho detto, siamo un gruppo di persone unite dall'aver vissuto esperienze particolari. Tra di noi ci possiamo confidare, confrontare, discutere senza pregiudizi e senza paura di essere presi per psicopatici.»

Enrico scosse la testa. «Senza offesa ma non mi interessa.»

«Per favore» lo implorò Carmela, cercando di far leva sul suo fascino «ci teniamo davvero molto.»

«Ma perché? Per quale motivo?» sbraitò lui «Davvero siete convinti che il tumore me l'abbiano tolto gli alieni? Voi non state bene, sul serio.»

Fece per andarsene, ma la ragazza lo bloccò per un braccio. «Ti prego, una visita soltanto. Solo per oggi. Se non ti troverai bene non ci vedrai mai più.»

Le labbra suadenti della ragazza ebbero la meglio sulla scempiaggine dei discorsi.

«Va bene, ma solo perché ho del tempo da perdere» tagliò corto Enrico infastidito, guardando Mandara con commiserazione «e perché altrimenti l'omino Michelin qui si mette a piangere, già lo vedo...»

Antonio era furibondo, essere preso in giro da quella pertica pel di carota evidentemente doveva essere una costante della sua vita.

«Però andiamo con la tua carretta, eh» aggiunse Enrico indicando la sua 206 di fine anni '90 «che io ho poca benzina.»

«Saggia scelta» sibilò Antonio facendo strada, mentre gli altri due confabulavano amichevolmente tra loro «saggia scelta.»

«*Fox 1*, si stanno allontanando.»

«Ricevuto, *Fox 2*. Seguiteli a distanza di sicurezza. Quando si fermano comunicateci la posizione e tornate al punto di raccolta.»

2.3

Mandara si rivelò oltremodo pessimo al volante. Tirava al limite il motore malandato, facendo fischiare le gomme a ogni curva e raschiando la frizione in maniera indecente. Per di più, sembrava non avere ben chiaro il concetto di precedenza, soprattutto nelle rotonde, cosa che si risolveva in continue frenate e sobbalzi per i suoi passeggeri, specialmente per Enrico che sedeva davanti.

«Oh, ma la vuoi finire?» sbottò spazientito dopo cinque minuti di gentili inviti a rallentare «Dove cazzo l'hai presa la patente? Non voglio schiantarmi per andare alla tua setta!»

«Siamo in ritardo, avevo detto al Pastore che...»

«Non me ne frega un cazzo!» gridò Enrico «Tu tieniti i tuoi UFO che io mi tengo la mia pellaccia. Poi c'hai 'sta maledetta cintura che è stretta come il porc...»

Non fece in tempo a terminare la parolaccia che due mani vellutate gli si posarono tra il collo e le spalle.

«Lui guida sempre così» sussurrò Carmela, iniziando un delicato massaggio «cerca di rilassarti, ti sento troppo teso.»

Preso alla sprovvista, Enrico rimase senza parole. Il tocco morbido ma deciso della ragazza gli scatenava piacevoli brividi lungo tutta la schiena, e ancor più piacevoli pensieri su come avrebbe potuto utilizzare quelle mani in circostanze più... intime.

«Caspita... sei una professionista...»

«Ho fatto un corso, tempo fa.»

Quel dolce massaggio rese più accettabile il restante tragitto fino a destinazione, un vecchio palazzo coperto per metà da teloni di stoffa.

«Stanno ristrutturando la facciata» spiegò Antonio, scendendo dall'auto a fatica «erano caduti dei pezzi di cornicione.»

«Saranno stati gli alieni che volevano boicottare le vostre riunioni» ironizzò Enrico, provocando una risata sommessa di Carmela e una smorfia da parte del ciccione.

«Vieni, dai» borbottò spazientito «si entra di qua.»

Oltrepassarono un grosso portone di legno massello e, anziché prendere la scalinata a sinistra, scesero al piano inferiore. Una nuova porta si parò loro di fronte, dall'aspetto decisamente più moderno. Antonio digitò un codice sulla pulsantiera a destra e la porta si aprì su uno spazioso salone.

«Eccoci.»

Enrico entrò a passo lento, guardandosi intorno. Non c'era mobilio, tranne una piccola libreria semivuota, e la vernice alle pareti tendeva più al giallognolo che al bianco, ma c'erano parecchi quadri appesi su cui si concentrò la sua attenzione. Si avvicinò e li passò in rassegna. Erano tutte riproduzioni di stampe più o meno antiche e meno antiche, oltre ad alcune foto con relativi ingrandimenti che avevano in apparenza un denominatore comune: Oggetti Volanti Non Identificati.

All'improvviso si udì il suono di uno sciacquone dal fondo della stanza.

«Ah, ecco!» fece Antonio, sorridente.

La porta si aprì mentre il gorgoglio dell'acqua non si era ancora placato. Ne uscì un uomo intento a riallacciarsi con una certa fatica i bottoni dei pantaloni.

«Pastore!»

Quest'ultimo sussultò. Evidentemente non li aveva sentiti entrare.

«Ah! Antonio... siete arrivati!»

Si sistemò alla bell'e meglio, cercando di darsi un contegno, e si avvicinò al gruppo. Era un uomo di mezza età dalle guance scavate e dall'aria trascurata. I capelli piuttosto lunghi, ricci e disordinati, gli cadevano sulle spalle e il naso aquilino reggeva un paio di occhiali neri con un pezzo di scotch esattamente al centro della montatura.

«Che piacere, mi chiamo Alessandro Mangiagalli e sono il Pastore di questo piccolo gruppo!» esclamò porgendo la mano a Enrico «È un onore averti qui.»

Lo spilungone fissò la mano e si bloccò. *Attento,* disse una voce nella sua testa, *anche tu non hai sentito l'acqua del lavandino, o sbaglio?*

No che non l'aveva sentita, ma non ricambiare una stretta era un gesto da maleducati, forse peggio che non lavarsi le mani dopo aver urinato. E in cuor suo sperava avesse fatto solo quello.

«Piacere mio» gli fece eco con voce tremula, ritraendo la mano il prima possibile «a cosa devo questo invito?»

«Oh, abbiamo moltissimo di cui discutere!» esclamò l'altro euforico «Vieni, prendiamo due sedie e mettiamoci comodi. Antonio, tu vammi a prendere le cartine al tabaccaio.»

«Ah, va bene...» fece il ciccione senza tuttavia muoversi di un passo.

«Allora? Che stai aspettando?»

«Beh, non so se ho...» balbettò imbarazzato «cioè sì, però...»

«Ti devi sbrigare!» sbraitò il Pastore, facendolo correre a gambe levate. Enrico rise per il trattamento fantozziano a cui il suo vecchio compagno di scuola era appena stato sottoposto, persino in quel frangente era il cretino di turno.

«Allora io andrei, passo da mia madre» disse Carmela ad Alessandro, avvicinandosi «se hai bisogno di qualcosa chiamami.»

«Ma certo, patatina» ribatté lui in tono languido. Poi la afferrò per i fianchi e si esibì in un bacio appassionato, lingua in bocca e gemiti annessi, fin quando non le assestò una sculacciata. «A stasera.»

Mentre Alessandro teneva gli occhi fissi su di lei, Enrico sembrava sconvolto. Aveva veramente assistito a quella scena o se l'era sognata? Una ragazza come quella con un quasi sessantenne ossuto e trasandato che pareva la brutta copia di Mauro Corona (e ce ne voleva)? Doveva avere per forza un'arma segreta di seduzione, o forse era l'indottrinamento occulto a cui sottoponeva i suoi adepti? Questa e altre domande rimbalzavano nella mente di Enrico mentre si accomodava.

«Allora, innanzitutto come ti senti?»

«Direi bene... o dovrei dire bene prima di venire qui.»

«Oh, ma che simpatico» sogghignò Alessandro prima di dargli una pacca sul ginocchio «è positivo essere allegri, soprattutto dopo quello che hai passato. Non è da tutti reagire con questa forza alla notizia di un tumore.»

Il fastidio si dipinse sul volto di Enrico. «Ma cos'è, è diventata di dominio pubblico la mia storia personale? Mi vuoi spiegare dove hai preso le informazioni sulla mia malattia?»

«Non guardare il dito, Enrico. Guarda la Luna.»

Storse le sopracciglia. «Che cosa vuol dire?»

«La tua storia è speciale. Tu sei speciale. E sono convinto che, se mi darai l'occasione di spiegarmi, la penserai anche tu così. Ti chiedo solo di avere la mente aperta, libera da pregiudizi, e pronta ad accettare una nuova visione delle cose.»

A Enrico questa sembrava la tipica frasetta d'introduzione a un discorso filosofico sui massimi sistemi. Nonostante ciò stette al gioco e si apprestò ad ascoltare il vate di via Mentana.

Il Pastore si alzò in piedi, mani giunte dietro la schiena, e camminò lentamente fino a uno dei quadri appesi alle pareti, una stampa all'apparenza medievale, per quello che ne poteva capire Enrico, che raffigurava un sole circondato da una miriade di cerchi, croci, oggetti tubolari e una grossa lancia nera; sotto di essi, la città di Norimberga in cui era divampato un incendio.

«Vedi questo?» disse Alessandro indicandolo «È chiamato Fenomeno Celeste di Norimberga. Risale al 1566...»

«E cosa sarebbe?»

«Sarebbe una delle prime rappresentazioni visive e descrittive di un contatto del terzo tipo... secondo gli strumenti culturali dell'epoca, ovviamente, dunque interpretato in chiave divino-apocalittica.»

«Contatto del terzo tipo? Intendi i quattro tipi, quella roba lì... l'incontro con gli UFO?»

«Sì, detto in maniera grossolana, intendo proprio quello.»

«Non poteva essere altrimenti» sospirò Enrico in tono sarcastico «visto il disco volante sul... volantino.»

«Capisco il tuo scetticismo, per questo voglio fornirti alcuni stimoli. Semplici spunti di riflessione. Le testimonianze storiche sono un ottimo esempio. Guarda questo» disse Alessandro indicando una seconda stampa simile alla prima, stavolta in bianco e nero «questo invece è il Fenomeno Celeste di Basilea. Molto strane le somiglianze, non trovi?»

Per un attimo Enrico rimase sorpreso, poi scosse la testa. «E quindi cosa vuol dire? Può essere tutto e il contrario di tutto. Comunque dove vuoi andare a parare? Guarda che io credo alla possibilità di forme di vita aliene, non sono così scettico.»

«A me lo sembri.»

«Non credo a questa roba» replicò Enrico un po' alterato «e a chi la propugna. Margherita Hack sosteneva che un contatto è alquanto improbabile, viste le enormi distanze che ci separano e l'inviolabilità della velocità della luce.»

«Sì, l'ho sentita anch'io quell'intervista» ammise Alessandro «e lungi da me suonare irrispettoso verso la grandissima mente che era la Hack, ma avrei qualche dubbio: chi ci dice che esseri provenienti da chissà dove abbiano le nostre stesse caratteristiche fisiologiche e percepiscano il tempo come lo percepiamo noi? Su questo pianeta ci sono batteri che vivono ore, farfalle che vivono settimane, umani che vivono decenni e piante che vivono secoli... duecento, trecento o mille anni potrebbero essere ben poca cosa per loro.»

Enrico si ritrovò spiazzato per un istante. «Beh sì, a questo non avevo pensato...»

«In secondo luogo, accettiamo la nostra inferiorità, anche se è una cosa estremamente difficile per una specie come la nostra abituata a essere quella dominante sul pianeta. Loro possono fare cose che noi nemmeno riusciamo a immaginare, vista la capacità che hanno di mostrarsi e contattarci a loro piacimento. Pensiamo, piuttosto, alla nostra fortuna nell'essere stati selezionati, caro Enrico.»

Lo spilungone fece una smorfia. «Scusa? Selezionati? E per cosa?»

«Si sono mostrati a noi, in un modo o nell'altro. È un grande privilegio» rispose il Pastore fissandolo negli occhi «e il nostro gruppo serve proprio a confrontarci e supportarci l'un l'altro, per affrontare al meglio quest'esperienza e capire i messaggi che ci vengono affidati.»

«Ok, allora vediamo se ho capito bene» puntualizzò Enrico «tu dirigi un gruppo di persone che ha subito un rapimento da parte degli alieni...»

«Viene chiamata *abduction* in termini tecnici.»

«Sì, abduction, ok. Venite qui, vi raccontate le vostre esperienze, vi fornite supporto psicologico a vicenda. Perfetto. Ma io che c'entro? Non ho mai detto di essere stato rapito, te lo garantisco.»

«Eppure, con ogni probabilità, è quello che ti è successo. Guarda qui.»

Alessandro si avvicinò a una scrivania e tirò fuori un paio di giornali approntati per l'occasione, Il Cittadino di Monza e Brianza e La Voce della Brianza. Tornò a sedersi e li porse a Enrico. «Sul Cittadino vai a pagina 14 e sulla Voce a pagina 21, mi sembra.»

Enrico aprì le pagine con diffidenza. Il titolo del Cittadino era *UFO a Monza.* Eloquente.

«Gli appassionati di ufologia avranno di che parlare» iniziò a leggere ad alta voce «per quello che è avvenuto la notte di giovedì 13. Verso mezzanotte M. R., residente a San Rocco...»

Si fermò un istante e fissò il Pastore, che a sua volta ricambiò lo sguardo. Leggere la data in cui pensava di aver avuto quella strana sensazione associata al nome del suo quartiere faceva abbastanza effetto. «...mentre si trovava a passeggio con il suo cane ha visto alcune luci molto forti guizzare sopra un palazzo della zona. Allarmato, ha chiamato col suo cellulare i carabinieri, che però non hanno dato seguito alla sua richiesta di intervento. Dopo circa un minuto le luci sono sparite. Stessa testimonianza rilasciata da M. G., abitante della zona, che dal balcone di casa sua al sesto piano si trovava praticamente alla stessa altezza di quelle luci. Cosa sarà stato?»

Enrico chiuse il giornale. Un certo senso di inquietudine iniziò a farsi strada dentro di lui.

«È successo qualcosa quella sera? Ne hai alcun ricordo?» chiese in tono serio Alessandro.

«No... non so...»

«No oppure non lo sai?» lo incalzò «Magari hai dei ricordi appannati. O confusi.»

«Cazzo, no! No!» urlò Enrico alzandosi in piedi di scatto e facendo cadere la sedia «Basta con queste troiate. Basta. Me ne torno a casa, fanculo.»

«Aspetta, Enrico. Stai calmo. Torna qui e siediti, per favore. Con me puoi parlare apertamente, sono qui per questo.»

«Per questo cosa? Per dirmi che sono stato rapito?» domandò Enrico, incerto se prendere la via della porta o tornare a sedersi «Non capisco perché ti stia dando ancora ascolto.»

«Perché io sono convinto ti sia successo qualcosa, e scommetto che lo sei anche tu. Anche se rifiuti di ammetterlo. E io sono qui per aiutarti nel tuo percorso di consapevolezza.» Enrico sbuffò. Lo squadrò per qualche secondo, poi raccolse la sedia da terra e tornò al suo posto, scuotendo la testa.

«Guarda che non è facile per nessuno» riprese Alessandro «affrontare una realtà del genere può far perdere il senno. Sai, molti anni fa io ero un neurochirurgo. E anche abbastanza rinomato. L'avresti mai detto?»

Un'espressione sorpresa si disegnò sulla faccia di Enrico. No, decisamente non lo immaginava come neurochirurgo: la prima impressione era più quella di un barbone o un disadattato con un pizzico di carisma.

Il Pastore sorrise. «Sì, quella faccia l'ho vista diverse volte.»

«Beh, no, non volevo...»

«Non ti preoccupare. Comunque, un giorno venni chiamato d'urgenza in ospedale. Era il mio giorno libero ed ero al ristorante con mia moglie. Un ragazzo era stato investito da un camion che l'aveva sbalzato in aria per diversi metri scaraventandolo contro un muro: aveva il lobo frontale fracassato e una gigantesca emorragia interna, solo un miracolo l'aveva tenuto in vita fino all'arrivo in sala operatoria. Io e la mia equipe tentammo l'impossibile, ma diversi frammenti sia esterni che ossei avevano lacerato la dura madre ed erano penetrati nell'encefalo. Non ci fu niente da fare.»

Enrico ascoltava sbigottito il racconto.

«A essere sinceri, per un momento ho quasi sperato di riuscire a salvarlo. Era inspiegabile come potesse essere ancora in vita con quelle ferite, ti ripeto, ma rimuovendo pian piano i corpi estranei, le sue condizioni sembravano addirittura migliorare. Tuttavia, quando provai a toglierne un altro minuscolo più in profondità, feci una fatica incredibile: pareva quasi che il frammento si muovesse all'interno del cervello. Non appena riuscii ad afferrarlo e a estrarlo, però, il ragazzo ebbe un'improvvisa crisi emorragica e morì pochi minuti dopo.»

Alessandro si alzò in piedi e camminò avanti e indietro per la stanza. «Mi fissai con quel piccolissimo frammento. Era strano, diverso da tutti gli altri. Non sembrava vetro, o asfalto, o cemento. Dopo aver dato la notizia ai parenti e disposto le pratiche per l'espianto degli organi, decisi di farlo analizzare nel laboratorio dell'ospedale. Una semplice curiosità, niente di più. Ebbene, qualche giorno dopo i ricercatori mi diedero un riscontro sconvolgente: il materiale di cui era composto quell'oggetto non apparteneva a questo mondo.»

«Che cosa?» fece Enrico sbigottito «Che intendevano dire?»

«Che non erano in grado di classificarlo. Non esisteva nulla del genere sulla tavola periodica.»

«E poi?»

«Ovviamente rimasi senza parole, ma cercai in ogni modo di trovare una spiegazione razionale, anche se non era semplice. La posizione stessa del frammento, a pensarci bene, era diversa rispetto agli altri, più in profondità e a un'angolazione che non collimava con l'impatto subito dal cranio. Comunque feci delle foto, consultai dei colleghi che mi potessero aiutare, eseguii delle ricerche in rete e quant'altro. La reazione dei miei colleghi fu tra il distaccato e l'apertamente ostile, cosa che sinceramente non mi sarei mai aspettato. Soprattutto il primario, mio amico da sempre, mi sembrò molto turbato da questa vicenda, ma in maniera davvero sospetta. A un certo punto incappai in un sito dove si riportava la vicenda di Antoine Friedman, un medico americano che diceva di aver estratto un oggetto simile e che sosteneva fosse un *microimpianto* alieno.»

«Un microimpianto? Cioè?»

«Un attimo e ci arrivo. Ovviamente, in un primo momento pensai fosse un mezzo ciarlatano, ma le foto sul sito corrispondevano in maniera esatta all'oggetto che avevo estratto io. Iniziammo uno scambio di email nelle quali Friedman mi parlò della sua vicenda personale, di come da bambino fosse stato vittima di abduction, e di come quell'esperienza l'avesse segnato, anche se cercò sempre di negarlo a se stesso. Dalle sue parole, per quanto incredibili, traspariva sincerità. Tale fu l'accanimento con cui perseguì la ricerca della verità che venne radiato dall'ordine dei medici. Non immaginavo che quello sarebbe stato presto anche il mio destino.»

«Ah. Quindi non sei più un medico?»

«Qualche giorno dopo ci fu un furto in laboratorio. L'oggetto venne sottratto insieme a tutte le relative analisi, e alcune di esse furono ritrovate nel mio studio. Una trappola congegnata alla perfezione. Inoltre venne fuori un filmato compromettente che mi riguardava: durante l'estrazione degli organi feci degli esami non autorizzati sul cervello, perdendo la cognizione del tempo. In pratica, cornee e polmoni divennero inutilizzabili per i trapianti. Una cosa gravissima per un chirurgo. Fui costretto a dimettermi assieme al ragazzo che si occupava delle analisi e nel giro di poco tempo venni radiato dall'ordine.»

Enrico era spiazzato. All'inizio pensava di trovarsi davanti a un mezzo pazzoide, con una buona parlantina magari, ma niente di più; sapere invece che era uno stimato medico, con una cultura e una preparazione scientifica degna di rispetto, cambiava leggermente le carte in tavola. Tutta la storia assumeva sfaccettature diverse.

«Mi avevano sabotato, avevano fatto di tutto per impedirmi di svolgere ulteriori ricerche e per screditarmi dal punto di vista professionale. E diamine, c'erano riusciti. Sono stati giorni amari, non lo nego» confessò Alessandro con aria affranta «andai in depressione, iniziai a prendere psicofarmaci e allo stesso tempo sviluppai una vera e propria ossessione per i microimpianti e le abduction. Con ogni probabilità ho abusato delle medicine, visto che percepisco nitidamente di non essere più lo stesso rispetto a prima...»

In quel momento a Enrico tornò in mente la scena del bacio quasi pornografico con Carmela davanti a lui. In effetti non si addiceva molto a un rinomato studioso.

«La situazione familiare era diventata insostenibile per mia moglie e così mi separai, buttandomi a capofitto nella ricerca. Poi capii come convogliare le mie energie in maniera positiva e fondai il nostro gruppo.»

«E vorresti che io ne facessi parte?»

«Sì. Come ti ho già detto, ho conosciuto molta gente che sosteneva di essere stata in contatto con entità aliene, o rapita, o altro, ma in pochi di loro ho ravvisato sincerità. Quelle persone hanno qualcosa di speciale, c'è davvero la possibilità di considerarle *elette,* parte integrante dell'umanità che verrà.»

Enrico inclinò la testa sconcertato. «Umanità che verrà? Cosa intendi di preciso?»

«È un mio pensiero, ed è oggetto di discussione tra noi» spiegò Alessandro, compiaciuto dell'interesse che era riuscito a stimolare nel suo nuovo adepto «ma credo che siamo vicini a una nuova era per la razza umana. Ormai abbiamo veramente toccato il fondo, stiamo continuando a farci del male l'un l'altro e a distruggere senza ritegno questo pianeta. Le foreste scompaiono, la desertificazione avanza e il riscaldamento globale aumenta. Pensi che potremmo resistere ancora a lungo?»

«Beh, penso di no, stando a quanto dicono gli scienziati, o meglio, stando a quanto ho letto io su alcuni articoli.»

«Ecco. E tu pensi che potremo mai cambiare da soli? Il Protocollo di Kyoto servirà a qualcosa secondo te, se i più grandi inquinatori del mondo non l'hanno firmato e anche per i firmatari non c'è nessuna clausola in caso di non ottemperanza? Tanto per dirne una.»

Enrico rimuginò su quelle parole, indeciso sul livello di serietà al quale ascriverle: erano sì dei discorsi simil New Age, del tipo era dell'Acquario o roba del genere, ma in fondo era la pura verità.

«Finché esisteranno le religioni esisteranno gli estremisti e il terrorismo, e a farne le spese saranno sempre persone innocenti. Insomma, l'uomo ha bisogno di un salto di qualità morale e strutturale, per preservarsi e preservare il pianeta che gli ha dato la vita. Cosa che non potrà mai accadere in autonomia, non senza persone selezionate, almeno. E *forse*, siete proprio voi le persone selezionate.»

«Io una persona che dovrebbe risollevare le sorti dell'umanità?» ridacchiò Enrico, perdendo un po' della serietà iniziale «Dai, per favore.»

«È normale essere scettici, e come ti ho detto è argomento di discussione tra noi. Diciamo che il messaggio ricevuto da... poniamo gli alieni, per intenderci, è proprio questo: darci da fare, e farlo in fretta.»

Enrico tirò fuori il cellulare e si accorse che erano quasi le sette. Aveva passato più di due ore a parlare con quel medico visionario, una conversazione più piacevole di quanto volesse ammettere. Contando che lui era venuto principalmente attratto dal fascino di Carmela.

«Alessandro, sono in ritardo. Stasera vado con la mia ragazza a mangiare una bella fiorentina, non vedo l'ora.»

«Mi dispiace, caspita. Ci tenevo ad approfondire il discorso.»

«Sarà per la prossima volta.»

Alessandro stava per replicare, ma Enrico gli fece segno di tacere perché stava componendo il numero di Marzia.

«Ehi, amore! Allora, come sei messa? Sei già sulla metropolitana?»

«No, scusa, mi sta trattenendo un cliente qui in ufficio. Mi sa che non faccio in tempo...»

«Ma come? Ho prenotato!»

«Oh, ma io sto lavorando!» sbottò Marzia irritata «Non mi sto divertendo.»

«Va bene, va bene... amen. Magari domani sera...» mormorò deluso Enrico.

«Eh, magari. Ciao.»

Marzia chiuse il telefono astiosa.

«Problemi?» chiese il Pastore.

«No, niente. Vado.»

«Sicuro di non volerti fermare?»

«No. Vado. Antonio, accompagnami.»

Detto questo, Enrico lasciò la stanza senza neanche guardarsi indietro. Alessandro lanciò un'occhiata all'orologio, sospirando. Pazienza, per quel giorno andava bene così.

In fondo, la cosa principale era convincerlo a incontrarsi, a fidarsi. Antonio avrebbe contattato tutti i membri del gruppo per dirgli che l'incontro dell'indomani sarebbe saltato e si sarebbero visti direttamente la settimana dopo. La giornata sarebbe stata dedicata totalmente a Enrico.

«Fox 1, il soggetto si sta allontanando dalla stanza assieme all'accompagnatore. Dobbiamo seguirli?»

«Negativo, Fox 2, non serve. Non abbiamo intercettato nulla di rilevante. Tornate al punto di raccolta.»

58

3

L'incontro

60

3.1

Ore 21:38

«Eccomi!» esclamò Marzia entrando in casa. Subito Wiggle le saltò tra le gambe in cerca di coccole, mentre Enrico se ne stava sul divano con uno sguardo torvo.

«Alla buon'ora» sbuffò infastidito, continuando a fare zapping «la pasta si è quasi del tutto freddata.»

«Ancora con 'ste storie? Te l'ho detto che non sono stata a divertirmi» replicò lei arrabbiata, andando dritta verso il bagno «tu invece quando ci torni a lavorare? Tutto il giorno bello spaparanzato sul divano, eh? Comoda la vita...»

Marzia si spogliò e si infilò nella doccia, in modo da non avere addosso odori inusuali che avrebbero potuto insospettire il suo uomo. L'acqua bollente post-appuntamento clandestino aveva anche un valore terapeutico, in combinazione con il docciaschiuma lava-via-il-senso-di-colpa.

Uscita dalla doccia e con l'asciugamano a mo' di turbante in testa, andò a sedersi davanti a un poco invitante piatto di penne al pesto. Non era quello che si aspettava e non riuscì a trattenere uno sbuffo di disapprovazione.

«Cosa c'è? Non ti va bene?» la punzecchiò Enrico, irritato «Dovevamo andare a mangiare una fiorentina, mi pare.»

«Sì, va bene» replicò innervosita Marzia «sempre quello che vuoi tu. A mangiare dove vuoi tu, uscire dove vuoi tu...»

Enrico strinse la forchetta con forza e stava quasi per sbatterla sul tavolo quando si distrasse pensando per un attimo a Carmela.

«Hai presente Antonio Mandara?» le chiese per stemperare la tensione «Oggi è venuto a prendermi. Ha insistito come un matto affinché andassi a far visita al suo gruppo di svitati ufologici.»

«Ah sì? E com'è andata?»

«Mah, guarda, non saprei dirlo bene nemmeno io. A parte che del gruppo ho conosciuto solo il loro leader, diciamo, visto che si riuniscono domani. Un certo Alessandro Mangiagalli, alias il *Pastore*. Personaggio davvero interessante. Ex medico radiato dall'ordine.»

«Ah. Hai capito un po'!»

«Eh già. All'inizio pensavo fosse un folle, poi mi ha anche detto delle cose interessanti, insomma non le solite boiate... alla fine però si è rivelata tutta una zuppa New Age, proprio come scritto sul volantino. In pratica si sentono un gruppo di prescelti perché hanno avuto un contatto con gli alieni e vogliono creare una nuova era per l'umanità.»

«Wow! Direi che mirano in alto» commentò Marzia ridacchiando «e quindi cosa volevano da te?»

«Che mi unisca a loro. Secondo Alessandro il mio tumore è stato rimosso dagli alieni. Se ti ricordi, la sera di due settimane fa, quando ti ho raccontato di essermi sentito strano...»

«Sì, mi ricordo. E quindi?»

«Sul Cittadino e su altri giornali ci sono articoli che parlano di avvistamenti di luci quella sera, proprio qui nel nostro quartiere. E forse proprio sul nostro palazzo.»

Marzia si pulì la bocca, poi scosse la testa. «Ma che storie... per cortesia. Mi sembrano tipo Scientology.»

«Lo so, è stata la mia prima impressione, però...»

«Però cosa? Vuoi unirti a loro?» gli chiese incredula «Sei impazzito?»

«Ma chi l'ha mai detto? Ho detto soltanto che sono meno fuori di testa di quanto pensassi.»

«Va bene, va bene...»

La conversazione per quella sera terminò lì. Andarono a letto ognuno coi propri pensieri: Enrico concentrato sulle motivazioni che spingevano quei pazzoidi a riunirsi, sull'esistenza di vita nello spazio e sull'eventuale contatto con esseri extraterrestri; Marzia sulla splendida scopata di poche ore prima e sulla possibilità di replicarla l'indomani.

3.2

Giovedì 23 settembre, ore 10:38

Dopo aver trascorso la mattinata a spasso col cane, Enrico tornò a casa e si mise a perdere tempo sul computer con il solito zapping tra i social. Twitter, Facebook, Instagram, sempre a guardare svariate foto o a leggere articoli dei quotidiani online che reputava affidabili. A un certo punto, però, gli venne in mente di cercare il nome *Antoine Friedman*, il famoso dottore con cui Mangiagalli diceva di essere in contatto. Saltarono fuori diversi articoli e testimonianze, e dopo aver scartato quelli in inglese iniziò a leggerne uno che gli sembrava abbastanza attendibile. Non era ferrato in medicina, ma il trafiletto spiegava particolari tecnici con un linguaggio diretto e comprensibile. Alcuni dettagli sui microimpianti corrispondevano a quelli detti dal santone. Purtroppo, per quanto credibile potesse essere quell'articolo, Enrico ci mise poco a trovarne altri dieci in cui il dottore veniva accusato di essere un millantatore, di non avere reali credenziali mediche e di aver falsificato documenti.

Non era ancora ora di pranzo quando ricevette una chiamata. Prese il cellulare e vide che era il numero di Antonio Mandara. Lasciò passare alcuni secondi, indeciso se rispondere o meno, poi sospirò e cliccò il tasto verde.

«Enrico, ciao, sono Antonio!»

«Chi l'avrebbe mai detto!?» ironizzò lui rassegnato.

«Ascolta, mi ha chiesto il Pastore se potreste incontrarvi anche oggi. Vorrebbe discutere di una cosa con te.»

«Ancora? E di cosa si tratta?»

«Sinceramente non lo so. Però sai, è saltata la riunione del gruppo perché... molti sono assenti, quindi pensava di sfruttare il tempo per parlare con te.»

«Mi spiace» disse Enrico «ma tra un po' torna la mia ragazza. Oggi non ha il turno di pomeriggio e devo andare al ristorante con lei. Dobbiamo recuperare da ieri sera.»

«Ah. Beh, potremmo fare dopo pranzo» insistette Antonio «che ne dici?»

«Oh, non lo so!» sbraitò Enrico infastidito «ti chiamo, nel caso. Ciao.»

Chiuse il telefono senza aspettare un'eventuale replica del ciccione. Ci avevano messo poco a oltrepassare il limite della petulanza, a quanto sembrava.

Ore 11:50

«Stefania, hai chiuso la trattativa dell'appartamento in Paolo Sarpi?» chiese Marzia, felice per la breve giornata lavorativa quasi giunta al termine.

«Tutto a posto, puoi andare tranquilla!»

La metropolitana avrebbe impiegato circa quaranta minuti per raggiungere il capolinea di Sesto Stazione, da cui poi ci sarebbero voluti altri venti minuti di macchina per arrivare a casa.

Ma quel tragitto non era nei suoi piani quel giorno.

Mentre raccoglieva le sue cose e si accingeva a dare un'ultima occhiata alle email, tirò fuori il cellulare e iniziò a digitare un messaggio indirizzato a Enrico.

Amore, disdici la prenotazione. Vogliono che faccia anche il pomeriggio. Adesso devo lavorare, bacio.

Dopo quello scarno comunicato Marzia spense lo smartphone. Ufficialmente sarebbe stata la batteria ad averle giocato un brutto scherzo. In realtà ad attenderla ci sarebbe stato Gianluca, una camera in un motel e un pomeriggio di fuoco.

Enrico rimase di stucco nel leggere quel messaggio. Ancora al lavoro? No, c'era qualcosa che non quadrava. Provò a chiamare la sua fidanzata ma il telefono risultava spento. Ci provò ancora e ancora... niente da fare.

«Vaffanculo! Vaffanculo, Cristo!» urlò a squarciagola spaventando il cane. Buttò il cellulare sul letto e cominciò a vagare per casa, mentre torbidi pensieri agitavano la sua mente. E se fosse stata tutta una messinscena? Se il lavoro non c'entrasse affatto? L'unica soluzione era chiamare direttamente in ufficio.

Riprese in mano il telefono, nervosamente, e digitò Cercocasa.

«Cercocasa buongiorno, sono Salvatore, come posso esserle utile?»

«Ehm...» Salvatore era uno dei due titolari di Cercocasa, non si aspettava di trovarlo lì «ecco, sono Enrico, il ragazzo di Marzia. Siccome non mi risponde al cellulare mi sono permesso di disturbarla al lavoro. Mi scusi.»

«Di niente, figurati» disse Salvatore con voce fredda «te la passo. Marzia, vieni, è il tuo fidanzato.»

Per un pelo. La ragazza stava giusto spingendo la porta per uscire.

«Pronto? Enrico, cosa c'è?»

«Come cosa c'è?» replicò lui infastidito «Mi mandi un messaggio e spegni il telefono? E poi cos'è questa storia che devi lavorare anche oggi pomeriggio?»

«È così, me l'hanno detto poco fa» fece lei in tono incerto «non lo so, vuoi che ti passo Salvatore? Hai bisogno di una conferma?»

«No, no, va bene così» rispose Enrico infuriato «tanto...» Marzia mise giù il telefono senza replicare, cosa che lo fece innervosire ancora di più. Bene, per l'ennesima volta i suoi piani di una bella mangiata fuori erano sfumati, e per di più con una scusa poco convincente. In quel momento affiorò in lui un improvviso desiderio di sentire quel simpatico gruppo di pazzoidi. Chissà che magari non avrebbe trovato fra loro un'altra ragazza ai livelli di Carmela, che purtroppo sembrava già occupata con il leader della masnada.

Richiamò il numero di Antonio Mandara sul cellulare.

«Antonio, mi sono liberato. Senti, ma a parte Carmela, ci sono altre ragazze nel gruppo?»

«A parte Carmela? Beh... ehm... sì, ce ne sono» rispose l'altro un po' imbarazzato.

«Non mi sembri molto convinto.»

«Ma no, è che vorrei ti focalizzassi su quello che ha da dire il Pastore piuttosto che sulle ragazze!»

«Una cosa aiuta l'altra» disse Enrico ridacchiando «anche se non sarà oggi. Comunque mi vieni a prendere tu, ovviamente, vero? Non ho benzina.»

«Certo, certo, passo io.»

«A dopo!»

All'interno di un furgone nero parcheggiato vicino a casa di Enrico, la telefonata era appena stata intercettata.

«Potrebbe essere il momento fatidico» annunciò uno degli uomini davanti alla console «io continuo a ritenere che non abbiano nessun frammento di *Xiniolite* e che non sappiano nemmeno cosa stanno facendo. Le microspie nella loro sala di riunione non hanno mai captato nulla al riguardo.»

«Le direttive dal comando sono chiare» ribatté l'uomo al suo fianco, attivando la radio «non c'è bisogno di sindacare ulteriormente. Fox 2, tra circa venti minuti saranno sul posto, pronti a intervenire al segnale.»

«Pronti, Fox 1.»

«Perfetto. L'operazione è da concludersi al massimo entro sessanta secondi. Ricordo che è imperativa l'integrità dell'individuo X.»

«Fox 1, puoi risparmiarti queste indicazioni rituali» ridacchiò l'uomo nella vettura «qui ci sono due *Cacciatori* esperti.»

3.3

La tremenda Peugeot di Mandara trovò a fatica uno spazio tra due grosse berline, finendo contro il paraurti di quella davanti con la fiancata. Era una lussuosa Lancia Thema nera metallizzata, nuova di zecca. Antonio scese come se niente fosse, ignorando i graffi alla carrozzeria più che evidenti, sotto lo sguardo attonito di Enrico.

«Te ne vai così?» gli disse a bassa voce, ma Antonio fece subito segno di tacere con la mano. Enrico scosse la testa, pensando al povero proprietario.

Percorsero in tutta fretta i cento metri che li separavano dall'ingresso della sala, onde evitare sguardi indesiderati, e infine entrarono. In piedi, a un paio di metri dalla porta, c'erano Alessandro, Carmela e un altro tizio che confabulavano. Enrico lo squadrò: alto quanto lui, magro e piuttosto bruttino, aveva una calvizie incipiente che gli permise di riconoscerlo dopo qualche secondo.

«Benvenuto, carissimo!» esordì il Pastore allungando la mano «Tu e Carlo vi siete già incontrati, vero?»

Si trattava del radiologo che lo aveva sottoposto alle varie risonanze all'ospedale. Enrico non riuscì a nascondere il suo stupore nel trovarlo in quel luogo.

«Eccoti spiegato come facciamo a conoscere tutta la tua storia clinica» aggiunse Alessandro, anticipandolo «Carlo fa parte del gruppo da diverso tempo.»

«Ah. Tutto questo prima di sentire la mia opinione in merito, però...» obiettò Enrico un po' infastidito.

«Mi dispiace di aver diffuso informazioni personali» si scusò il radiologo «ma è stato per una causa superiore.»

«Dai, non te la prendere» sorrise Carmela «non sei contento di averci conosciuto?»

«Ci tenevate proprio tanto che io facessi parte del gruppo, vero?»

«A essere sinceri, Enrico» continuò Alessandro, mettendogli un braccio intorno alle spalle e invitandolo a seguirlo «abbiamo in mente un progetto importantissimo per te. D'altronde mi pare di averti ripetuto diverse volte quanto sei... speciale.»

Enrico avvertì uno strano brivido quando il braccio del santone gli si posò sulla maglietta, una sensazione di fortissimo disagio. Ciononostante si lasciò guidare, con gli altri tre che li seguivano a ruota.

Arrivati di fronte alla libreria, Antonio li superò e toccò un angolo in alto: si sentì un clic e la libreria, che sembrava fissata al muro, venne sospinta di lato con forza da un meccanismo nascosto, rivelando una scalinata.

Enrico rimase a bocca aperta. «Ma che cosa...»

«Visto?» disse compiaciuto il Pastore «Al riparo da occhi indiscreti. Forza, scendiamo! Ti faccio strada.»

Un po' titubante, Enrico scese i gradini di quella scalinata buia. Giunti in fondo, il Pastore accese le luci.

«Ma che diavolo?»

La stanza, perfettamente illuminata, era in apparenza la riproduzione esatta di una sala operatoria: lettino, carrellino con bisturi e strumenti, macchinari medici di varia fattura.

«Basta avere un po' di soldi e le giuste conoscenze, e sul mercato nero puoi procurarti ogni cosa» spiegò soddisfatto Alessandro «è tutta strumentazione di prima qualità.»

Enrico non sapeva cosa dire, ma d'improvviso si sentiva tutti gli occhi addosso. E non era una sensazione piacevole.

«Quindi? Cioè, a cosa ti serve?» chiese con voce tremula «Cos'è, nel tempo libero ti diletti a sezionare persone?»

Alessandro scosse la testa. «Ma no! Qui entri in scena tu. Vedi, le modalità della tua guarigione mi portano a pensare a un intervento esterno, come ti ho già spiegato. E insomma, a seguito di quest'intervento, può darsi che ti abbiano piazzato un microimpianto nel cervello.»

«Che cosa?» sbottò Enrico «Un... un microimpianto nel mio cervello?»

«Non festeggiamo prima del tempo, non è detto. Le risonanze non hanno evidenziato nulla di anomalo a parte la sparizione del tumore, però si tratta sempre di test con un margine di imprecisione. Un microimpianto potrebbe essere piccolissimo, così piccolo da essere rilevato solo con un microscopio ottico. Insomma, devo aprire per poter verificare. Capisci la tua importanza adesso, Enrico?»

Così dicendo, si avvicinò al lettino e diede una rapida occhiata alla strumentazione. «Se noi riuscissimo a estrarre il microimpianto dal tuo cervello, avremmo una prova concreta a sostegno delle nostre tesi. Pensa a quanti si unirebbero a noi! Diventerei il Pastore di un gregge sconfinato.»

Enrico fu colto dal panico nel vedere il volto raggiante di Alessandro. «Stai scherzando, vero? Credi che mi farò aprire la testa? Qui, in un sottoscala?»

«Oh, non preoccuparti. L'ambiente è sterile. E poi Carmela è un'ottima infermiera.»

La ragazza annuì sorridendo.

«Siete dei pazzi scatenati!» urlò «Io me ne vado.»

Fece per girarsi ma alle sue spalle trovò Antonio Mandara che lo bloccò per la cintura, mentre Carlo gli premette sulla bocca un fazzoletto imbevuto di cloroformio. Si dimenò per qualche secondo, dando una gomitata in faccia ad Antonio, poi si placò e perse i sensi.

«Ahia, cazzo!» bofonchiò quest'ultimo, portandosi una mano al naso grondante di sangue. Così facendo rischiò di lasciar cadere a peso morto Enrico, recuperato in extremis da Carlo.

«Che cazzo state facendo, imbecilli?!» sbottò Alessandro «Volete spaccargli la testa? Fate attenzione!»

«Sì, scusa, scusa» balbettò Antonio mentre si sforzava di recuperare la presa sul corpo di Enrico.

«Già uno l'abbiamo perso, la scorsa volta» disse il Pastore infilandosi i guanti in lattice e dando un'occhiata fugace a un grosso congelatore «vediamo di non rifare lo stesso errore.»

4

La sparizione

4.1

Ore 21:32

«Sono tornata...» annunciò Marzia girando le chiavi nella toppa. Ad accoglierla, però, solo il cane Wiggle. «Amore?»

Posò la borsa sul tavolo e si diresse in camera, ma del suo fidanzato non c'era traccia. Provò a chiamarlo sul cellulare, ma risultava staccato. Memore di tutte le volte in cui si dimenticava di metterlo sotto carica lasciandolo lentamente morire, non si preoccupò più di tanto. Magari era andato a prendere un aperitivo col suo amico Giuseppe e non era ancora tornato, anche se era strano che non avesse avvertito... d'altronde lei era a fare tutt'altro e non poteva certo avere qualcosa da ridire.

Si spogliò e andò sotto la doccia. Una bella rinfrescata era quello che ci voleva dopo ore di sesso sfrenato.

Ne uscì una ventina di minuti dopo. Del suo fidanzato ancora nessuna notizia. Affari suoi, pensò. Tirò fuori due pizze dal congelatore: una la riscaldò subito, l'altra l'avrebbe messa in forno quando Enrico si fosse degnato di avvertire.

Mangiò la pizza con calma, di fronte al suo telefilm preferito. Una volta finito si lasciò vincere dalla stanchezza e decise di andare a letto. Chissà, magari a quell'ora era a ballare per ripicca e in quel caso chi gliclo faceva fare di aspettarlo sveglia...

4.2

Venerdì 24 settembre, ore 07:44

La sveglia impostata alla consueta ora fece più fatica del solito a tirare giù dal letto Marzia. Era stata una notte di sonno profondo ma disturbato, fatto di numerosi sogni interrotti e sensazioni sgradevoli. Da piccola soffriva di apnee notturne, e quella mattina, al risveglio, aveva la stessa bocca asciutta e le stesse palpitazioni di allora.

Al suo fianco, Enrico non c'era.

Provò a chiamarlo un paio di volte, consapevole dell'inutilità della cosa, visto che la sua parte del letto era intatta. Iniziava a essere seriamente preoccupata, una notte fuori senza avvisare non era da lui. Prima di farsi prendere dal panico, però, doveva pensare ai suoi doveri di impiegata.

Si alzò, prese i vestiti del giorno prima e andò in bagno a prepararsi, visto che era già in ritardo sulla tabella di marcia. Non c'era tempo nemmeno per mettere su un caffè, e comunque era l'ultima cosa di cui aveva bisogno: bastava l'ansia a tenerla sveglia.

Dopo essere salita sulla metro, provò a fare un paio di chiamate sul cellulare di Enrico, ma risultava spento. Chissà se per l'ennesima volta gli si era scaricato o l'aveva spento di proposito...

Perché sono stata così cretina?

Fermata dopo fermata, il senso di colpa assumeva dimensioni sempre maggiori. Aveva sottovalutato quello che significava una semplice cena per Enrico. Come se non lo conoscesse... E aveva preferito qualche fugace momento di passione con un estraneo. *Così gli hai dimostrato il tuo amore? Così gli hai fatto vedere quanto tieni a lui?* Aveva cominciato a battere nervosamente il tallone destro. Lanciò un'occhiataccia a un ragazzone in piedi poco distante da lei, che non le aveva tolto gli occhi di dosso da quando era salita. Lui abbassò lo sguardo all'istante da quanto era torva. *Hai rovinato tutto... ci sei riuscita... brava!* L'avviso della fermata di Buonarroti la distolse per un attimo da quei pensieri. Si alzò e si fece largo tra la folla verso le porte scorrevoli.

«Marzia, che c'è?»
Stefania, da brava ficcanaso, non perse occasione per indagare su quell'espressione da cane bastonato che la sua collega aveva da quando era entrata in ufficio.
«Eh, guarda...» fece lei con un filo di voce «sai che ieri pomeriggio sono andata da Gianluca, vero?»
«Certo, com'è andata?» chiese l'altra con un sorrisino malizioso.
Marzia fu infastidita da quella domanda. «Lascia perdere, il fatto è che Enrico non c'era quando sono tornata e non è rientrato a casa per la notte. Sono preoccupata. Ho fatto una cazzata... è colpa mia, lo sapevo...»
«Hai provato a chiamarlo?»
«Secondo te? Certo che ho provato!» replicò seccamente «Ma ha il telefono spento.»
La sua collega rimase in silenzio, intimidita.

«Scusami, è che sono nervosa» continuò Marzia «e ho una brutta sensazione... come se gli avessi fatto del male. Nel senso fisico. Non so...»

Fissava lo schermo del computer con gli appartamenti da ricercare, ma la sua testa era chiaramente altrove.

«Forse... forse dovrei chiamare la polizia.»

Ore 13:01

Quando staccò per la pausa pranzo, Marzia uscì dall'ufficio e riprovò a contattare Enrico. Niente.

Iniziò una carrellata mentale su chi potesse averlo incrociato negli ultimi giorni e dopo poco le venne in mente il nome di Antonio Mandara, l'ex compagno di classe fissato con gli UFO.

Aprì l'applicazione di Facebook dal suo cellulare e andò sul suo profilo. Non postava nulla dalla mattina prima. Strano, pensò Marzia, notando che le pagine precedenti erano un profluvio di post monotematici o quasi su complotti, scie chimiche, NWO e amenità sui generis. In ogni caso gli inviò una richiesta di amicizia e gli scrisse un messaggio privato chiedendogli se avesse visto o sentito Enrico nelle ultime ore.

Per il momento, altro non poteva fare.

Ore 20:07

Marzia arrivò a casa in leggero anticipo. Nell'inserire la chiave nella toppa sperò con tutte le forze di non dover girare i cilindri della serratura. Speranza che naufragò al primo *cloc*: Enrico non era ancora tornato.

Wiggle la accolse saltando e guaendo come un disperato, segno che era ormai prossimo a cedere ai suoi istinti naturali se non l'avesse portato a fare il suo giretto. Lei si abbassò e lo abbracciò così forte da fargli quasi male, tanto che il cagnolino cercò subito di divincolarsi dalla presa.

«Scusa, tesoro, scusa...» sussurrò Marzia accarezzandolo «non volevo. Tu lo sai dov'è andato il tuo padrone? A te ha detto qualcosa?»

Il cane si limitò a fissarla con la lingua penzoloni, evidentemente assetato. Marzia sospirò, si alzò e andò a prendere la sua ciotola per riempirla. Nel mentre, l'occhio le cadde in un foglio mezzo accartocciato appoggiato accanto all'affettatrice. Il solito disordinato, pensò. Lo prese e fece per buttarlo, poi una strana vocina dentro di lei le disse: *aprilo*.

Perché dovrei?

Aprilo.

Lo aprì. Lesse le prime righe e capì che era quel fogliaccio stampato dal gruppo di Antonio Mandara, quello di cui le aveva parlato Enrico. Anziché gettarlo continuò a leggere fino in fondo, trascinata da una strana sensazione. Non voleva dar corda a quelle stupidaggini, ma a pensarci bene, il tono di Enrico quando ne aveva discusso tradiva molta più curiosità che scherno, nonostante volesse far trasparire il contrario. Lui c'era andato mercoledì, ma gli incontri erano il giovedì...

Ieri... che ci sia tornato senza dirmi nulla?

Magari poi si era fermato con qualcuno di loro... ma non aveva mai fatto tardi, nemmeno quando andava a ballare era mai rientrato dopo le quattro. No, la cosa era estremamente sospetta. In quel momento le vennero in mente mille pensieri: un incidente? Un malore? Un'aggressione? Oltremodo preoccupata, decise che era giunta l'ora di chiamare la polizia.

Prese il telefono e compose il 112.

«Servizio unico emergenze, posso aiutarla?»

«Buongiorno, vorrei denunciare una scomparsa.»

«Le passo i carabinieri. Attenda.»

Dopo una rapida conversazione, Marzia chiuse il telefono ancora più arrabbiata. Il carabiniere dall'altro capo della cornetta era stato molto blando, parlando di casistiche in cui la sparizione rientrava dopo poco tempo. Enrico era un maggiorenne senza particolari handicap psico-fisici tali da mettere a rischio la sua incolumità. Secondo lui, era ancora troppo poco per mettere in moto la macchina delle ricerche.

Attendere. Non avrebbe dovuto far altro che attendere e avere fede. L'indomani, se Enrico non fosse ancora tornato, si sarebbe potuta presentare al comando per denunciare la scomparsa, visto che aveva un appuntamento in ospedale per l'elettroencefalogramma a cui non poteva assolutamente mancare.

4.3

Sabato 25 settembre, ore 8:07

Marzia trascorse una nottata quasi insonne. Si sentiva pervasa da una terribile agitazione che cresceva sempre di più col passare del tempo. Non avrebbe dovuto lasciarlo solo. Dopo aver riprovato altre tre volte a chiamarlo, telefonò al lavoro dicendo che non stava bene. Era di turno quella mattina ma non aveva la minima voglia di andare in ufficio.

Prese la sua Matiz e si diresse in ospedale, dove Enrico aveva appuntamento alle 8:30.

Arrivata al San Gerardo, salì all'ottavo piano, Neurochirurgia, e si incamminò verso l'ambulatorio del dottor Mariani. La porta era aperta. Bussò.

«Buongiorno, dottore, sono la fidanzata di Enrico Brambilla. So che aveva appuntamento per stamattina, è già arrivato?»

«No, ancora no» rispose il medico «doveva essere qui dieci minuti fa, a onor del vero.»

«Lo aspetto un po' qui fuori, per vedere se si fa vivo. D'accordo?»

L'uomo fece spallucce, non capendo bene la situazione. «Certo, si figuri.»

Marzia uscì dall'ambulatorio e si sedette su una delle panche nere fissate al muro. Aspettò per oltre mezz'ora, battendo ritmicamente i piedi e osservando tutti i derelitti che transitavano per la corsia. Chi in sedia a rotelle, chi con la flebo attaccata, chi con la testa totalmente fasciata e un ascesso visibile all'occhio. Sarebbe toccato anche a Enrico se quel tumore non fosse sparito nel nulla. E lei, anziché gioirne, anziché trascorrere tutto il tempo del mondo con lui, visto che avrebbe potuto anche non rivederlo più a causa dei rischi dell'intervento, aveva preferito passare i pomeriggi nel letto di qualcun altro. Ogni volta che quel pensiero le si materializzava in testa provava una sensazione simile a un vuoto d'aria e i brividi del rimorso le si insinuavano fin nel midollo osseo.

Era ora di andare.

Si diresse a tutta velocità alla caserma dei carabinieri di Monza. Parcheggiò a casaccio in un angolo, metà sopra il marciapiede, e si avviò rapidamente all'entrata.

«Buongiorno» disse in tono secco al carabiniere allo sportello d'ingresso «devo fare una denuncia di scomparsa.»

«Una denuncia di scomparsa?» ripeté svogliato il piantone «E da quanto è scomparsa la persona in questione?»

«Senta, ho già parlato ieri al numero delle emergenze» sbottò Marzia senza nascondere l'irritazione «e mi è stato detto di aspettare oggi, se magari si fosse presentato all'appuntamento col dottore. Non si è presentato. Va bene?»

Il carabiniere aprì la porta, colto un po' alla sprovvista. «Stia qua» le ordinò senza mezzi termini indicando la sala d'aspetto.

Le portò un foglio da compilare e una penna. Sembrava un modulo standard da denuncia. «Inserisca qui le sue generalità e risponda alle domande.»

Marzia annuì. Il carabiniere entrò in una stanza poco più avanti e si mise a confabulare con qualcuno.

Dopo una decina di minuti fu di ritorno. «Signorina? Venga» disse facendole cenno di seguirlo in fondo al corridoio «e dia a me il foglio.»

Marzia si alzò e si diresse decisa verso quel piccolo ufficio. Alle pareti erano appesi vari quadri che rappresentavano immagini storiche dell'Arma e alcuni bassorilievi, oltre a foto di parate e manifestazioni.

Dietro la scrivania era seduto l'uomo a cui avrebbe dovuto presentare la sua denuncia. «Buongiorno, signorina. Sono il tenente Marchetti.»

Aveva un'aria da ragazzino. Probabilmente non arrivava ai trentacinque anni, ma ne dimostrava molti meno.

«Buongiorno a lei.»

«Mi racconti tutto.»

«Come ho detto al suo collega, voglio denunciare la scomparsa di una persona. Enrico Brambilla, il mio fidanzato e convivente.»

Il tenente sembrava abbastanza rilassato in viso. «Da quando non ne ha notizie?»

«Da giovedì. Io lavoro a Milano e torno verso le otto, otto e mezza di sera. Giovedì sono tornata... un po' più tardi, e lui non c'era.»

In quel momento, ripensando a dov'era quel pomeriggio, le si spezzò il fiato.

«Ho capito. Ha provato a sentire i suoi amici, i familiari?»

«Non ha più il padre e non sente la madre da anni, e gli amici più stretti non sanno nulla. È veramente strano, non si è mai allontanato così. Però...»

«Però?»

«Ecco, un attimo...» disse Marzia ravanando nella sua borsetta «guardi questo.»

Tirò fuori un foglietto spiegazzato e lo porse al tenente, il quale lo osservò per alcuni istanti. Le parve di cogliere un guizzo nei suoi occhi.

«Il suo fidanzato faceva parte di questo gruppo?»

Lei scosse la testa. «No. O meglio, è stato contattato da un suo vecchio compagno di classe, Antonio Mandara, che gli ha dato questo foglio e l'ha invitato a un incontro. Lui c'è andato mercoledì, ma la sera me ne ha parlato in termini abbastanza risibili... cioè, non mi ha dato l'impressione di volerci tornare.»

«Ho capito. Per caso le ha nominato anche una certa Maria Carmela Rivolta?»

«Chi? No, non mi pare... mi ha parlato di questo Antonio Mandara e di un tizio, lo chiamava il Pastore, che dovrebbe essere una sorta di leader.»

«Le spiego: lei non è l'unica ad aver denunciato una scomparsa riferita a giovedì sera. Si è presentata anche la madre di questa ragazza, e pure lei ha parlato in termini molto generici di questa specie di gruppo. Una coincidenza simile mi pare quantomeno strana.»

«Cioè? Cosa intende? Cosa può voler dire?» domandò allarmata Marzia.

«Stia tranquilla, per ora nulla. Manderò qualcuno a parlare con queste persone. Adesso lei vada a casa e attenda, può darsi che si ripresenti.»

Marzia tergiversò un attimo, poi a malincuore tornò a casa.

4.4

Domenica 26 settembre, ore 8:06

L'appuntato Remo Diotaiuti e il carabiniere scelto Alfredo Tutone, a bordo della loro Alfa 159 con la livrea dell'Arma, si diressero verso via Mentana.

«Dobbiamo solo prendere delle dichiarazioni, puoi metterla via quella» disse l'appuntato al volante, vedendo il suo collega che si gingillava con la pistola.

«Beh, mai dire mai.»

Diotaiuti lo fissò per un istante e tanto bastò a metterlo in soggezione. Mentre parcheggiava con estrema rapidità e precisione, Tutone mise via la Beretta d'ordinanza.

«Un maestro del parcheggio! Dovresti vendere un corso su internet!»

«Scendi, Alfredo» lo rimbrottò l'appuntato «che oggi ho mal di testa, non mi va di sentire le tue boiate.»

Scesero dall'auto e camminarono fino a raggiungere l'entrata del palazzo. Sul citofono c'era il nome Mangiagalli, ma era riferito all'appartamento. Sapevano che era di sua proprietà anche il locale sottostante, probabilmente la sala dove si organizzavano gli incontri.

Suonarono ma non rispose nessuno. Visto che il portone di legno era aperto, entrarono e scesero le scale. Arrivati davanti alla porta blindata con il tastierino alfanumerico fecero per bussare, ma notarono che era aperta anche quella.

Si guardarono per un attimo. Il livello di allerta si era alzato. Spinsero la porta lentamente. «Carabinieri. C'è nessuno?»

La stanza era deserta. Poi, in fondo, videro uno strano varco vicino a una libreria.

«Cosa sarebbe?»

Si avvicinarono e notarono dei binari. «Guarda qui... ma che cazzo è? Un'entrata nascosta?»

L'appuntato tirò fuori la pistola e fece segno con la testa di scendere le scale. Nel buio si intravedevano i contorni di una stanza avvolta in un silenzio assoluto. Scorse su un lato una cordicella con un interruttore e la tirò.

Lo spettacolo che si parò loro davanti era agghiacciante. A terra c'erano quattro cadaveri, tre uomini e una donna.

«Cristo...» imprecò Diotaiuti, avvicinandosi ai corpi per sentirne le pulsazioni. Tutone ebbe un momentaneo mancamento, era la prima volta nella sua carriera che vedeva un cadavere.

«Sono già freddi, saranno qui da più di un giorno...»

Distolta l'attenzione dai corpi, l'appuntato si accostò al lettino al centro della stanza e fece per sfiorarlo, ma all'ultimo momento ritrasse la mano.

«Cosa diavolo è questo? Sembra una sala operatoria... in uno scantinato?»

«Le apparecchiature sono nuove, molto professionali direi» rimarcò il carabiniere scelto «ho avuto parecchio a che fare con esami e ospedali. Pensi che ci sia dietro il traffico di organi?»

Diotaiuti, senza replicare, andò verso il fondo della stanza dove si trovava il congelatore. Rimise la pistola nella fondina e lentamente infilò la mano nella maniglia.

Tirò su con attenzione. La gommina si staccò e una ventata di aria gelida uscì dal vano. Alzò di colpo il coperchio, scoprendo una serie di sacchetti di varia misura. Bastarono pochi secondi per intuirne il contenuto.

«Pure il congelatore avevano...» disse Tutone sporgendosi in avanti e raccogliendo uno dei sacchetti, mentre il collega era sbiancato in volto «forse ho proprio ragio...»

Non fece in tempo a finire la frase che cacciò un urlo da femminuccia, lanciando il sacchetto dentro il congelatore. Aveva riconosciuto la fisionomia di un naso e di una bocca.

Terrorizzato si voltò verso l'appuntato, che nel frattempo aveva recuperato un po' di contegno.

«Penso che dobbiamo chiamare il nucleo investigativo.»

5

La persona sbagliata

5.1

Ore 12:46

La tazzina del caffè languiva quasi piena sulla tavola. Marzia ne aveva assaggiato solo un goccio, prima di rimettersi sul letto. L'appetito le era passato del tutto, tanto che né la sera precedente né quella mattina stessa aveva messo qualcosa sotto i denti. La sua unica attività fino a quel momento era stata la passeggiata con Wiggle, piuttosto breve in verità.

Improvvisamente squillò il cellulare. Era un numero che non conosceva, però aveva il prefisso di Monza.

«Signorina De Carolis?»

«Mi dica.»

«Carabinieri di Monza. Senta, avremmo bisogno che ci raggiungesse in caserma. Dobbiamo parlarle.»

«Di cosa?» chiese Marzia allarmata «Avete trovato Enrico? Come sta?»

«Calma, calma. Venga in caserma, ne parliamo con tranquillità.»

Una volta in caserma, venne condotta da un carabiniere nella stanza del tenente Marchetti.

«Buongiorno, signorina De Carolis.»

L'uomo era in piedi, molto serio in viso, contrariamente all'ultima volta: seduto al suo posto, invece, un energumeno con gli occhi di un azzurro chiarissimo e la testa totalmente rasata. Ricordava vagamente una versione body builder di Benito Mussolini.

«Chiudi la porta» ordinò il tenente al suo sottoposto, facendogli cenno di andare. Questi obbedì, e nella stanza rimasero solo loro tre.

«Le presento il maggiore Rinaldi» fece Marchetti «al comando del nucleo investigativo che si sta occupando della vicenda, in collaborazione con la squadra omicidi.»

L'energumeno pronunciò un mugugno che doveva suonare come un *buongiorno*.

«Omicidi?» balbettò la ragazza, con gli occhi spalancati.

Il maggiore prese la parola. «Stamattina alle otto circa il tenente ha inviato degli agenti a controllare il luogo di ritrovo di queste persone, di questo gruppo, se così possiamo chiamarlo. Quello che si sono trovati davanti, beh, non è stato un bello spettacolo. Dietro un'apertura nascosta in un'intercapedine nel muro c'era una sorta di stanza segreta che riproduceva fedelmente la sala operatoria di un ospedale.»

«Che cosa?» esclamò Marzia sbalordita.

Rinaldi annuì. «Un lettino, i macchinari per l'anestesia, per le operazioni, un defibrillatore, bisturi e strumentazioni varie. Tutto alimentato con un generatore interno, data la grossa quantità di energia per metterli in funzione sarebbe stato impossibile non destare sospetti con un allaccio elettrico canonico. A quanto ci risulta Alessandro Mangiagalli è un ex neurochirurgo radiato dall'ordine diversi anni fa proprio per le sue teorie sugli UFO e roba del genere. È quello che abbiamo raccolto in queste poche ore, nei prossimi giorni faremo indagini più approfondite. Ora però vorrei chiederle un'altra cosa.»

Fece una pausa di qualche secondo, continuando a fissare la ragazza negli occhi. «Vorrei farle vedere delle foto. Sono foto di cadaveri» puntualizzò senza tanti giri di parole «se la sente?»

Marzia deglutì, presa alla sprovvista. Poi rispose di sì.

Il tenente, in silenzio totale, prese una busta gialla dal mobiletto alle sue spalle e la porse al maggiore. Lui la aprì, tirò fuori alcune foto e porse la prima a Marzia.

«Questo... questo dovrebbe essere Antonio Mandara!»

Lei lo riconobbe facilmente, nonostante un foro di proiettile in mezzo alla fronte e un rivolo di sangue che gli copriva un occhio.

«Mi ha detto di non averlo mai conosciuto di persona, giusto?» puntualizzò il tenente, intervenendo nella discussione.

«Sì, esatto... ho visto solo qualche foto su Facebook, Enrico me le aveva mostrate così, per ridere...»

Avrebbe voluto rimangiarsi le ultime parole ma ormai era tardi. Un improvviso moto di vergogna la fece arrossire. Il ricordo di averlo schernito era del tutto fuori luogo in quel frangente, di fronte al suo volto cianotico.

«A quanto pare c'è stato un contatto giovedì pomeriggio tra il suo fidanzato e il Mandara. Abbiamo fatto richiesta di verifica tramite le celle telefoniche della zona. Lei è al corrente di un nuovo appuntamento tra i due, si dovevano vedere per qualche motivo?»

«No, non lo so ma non credo! Non mi ha detto nulla Enrico...»

Marzia iniziò a mordicchiarsi nervosamente l'unghia dell'indice sinistro, proprio lei che riprendeva sempre il fidanzato per il suo vizio di torturarsi le dita in tutti i modi possibili. L'ansia la stava attanagliando.

«Questa persona, invece, la riconosce?»

Il maggiore le mostrò il volto di Alessandro, anche lui con un foro in fronte preciso quanto quello di Antonio e una chiazza di sangue che gli impregnava i capelli. Un'espressione di terrore misto a sorpresa si leggeva nitidamente nei suoi occhi sbarrati.

«No, non l'ho mai visto... chi è?»

«Lui è Alessandro Mangiagalli. Dovrebbe essere quello che chiamano il Pastore, una sorta di leader del gruppo. Lui, invece?»

Stavolta le mise davanti la foto di un ragazzo molto giovane, dai capelli neri corti e dal viso innocente. I lineamenti rilassati, gli occhi chiusi e un mezzo sorriso lo facevano sembrare quasi addormentato, se non fosse stato per uno squarcio nella zona della carotide con una pozza di sangue che si estendeva su tutto il pavimento attorno.

Marzia la guardò con attenzione alcuni secondi, poi spalancò gli occhi. «Sì! Sì, lo conosco, questo è il radiologo dell'ospedale San Gerardo dove Enrico ha fatto tutti gli esami!»

Il maggiore fece un cenno d'assenso. «Carlo Bilardi. Che lei sappia era in contatto con Enrico, in qualche modo?»

«Che io sappia no, non me ne ha mai parlato.»

Rinaldi assentì di nuovo e le sottopose un'altra foto. «Poi c'è lei. Maria Carmela Rivolta.»

«La ragazza che le avevo menzionato.» intervenne il tenente.

«No, lei no. Ma avete trovato solo morti, quindi? Ed Enrico?» domandò Marzia spaventata.

«Purtroppo sì. Sembra un'esecuzione, senza dubbio per mano di uno o più professionisti a giudicare dalla pulizia e dalla mancanza di tracce. Nessun segno di colluttazione, niente bossoli, il cadavere di Mangiagalli ancora con la matita per incisioni in mano, segno che non ha avuto nemmeno il tempo di abbozzare la minima reazione. Stiamo provando a rintracciare altri appartenenti a questa specie di setta attraverso la pagina di Facebook e la newsletter del sito. Verranno convocati il più presto possibile. C'è un messaggio, proprio sulla pagina di facebook, dove il Pastore annulla la riunione del gruppo per giovedì scorso.»

«Non mi ha risposto, tenente» sibilò Marzia con voce tremula «dov'è Enrico? Lo avete trovato?»

I due ufficiali si lanciarono un'occhiata. Marchetti sospirò e prese la parola. «C'è un'altra cosa che abbiamo rinvenuto. Un congelatore...» cercò di misurare bene le parole, ma si rivelò un'impresa più ardua del previsto «con dentro un cadavere.»

Il respiro di Marzia si mozzò all'istante. «No... non...»

«Si calmi. Non si tratta del suo fidanzato. La Scientifica lo sta analizzando pezzo per pezzo...»

Un'espressione di disgusto si dipinse sul volto della ragazza. Il tenente si rese conto che sarebbe stato meglio omettere quel particolare, ma ormai era troppo tardi.

«Purtroppo sì, è stato fatto a pezzi. Comunque, dicevo, la Scientifica sostiene che dev'essere morto almeno da una settimana. Inoltre ha l'osso cranico inciso, tutta la calotta è stata asportata. Come se avesse subito un intervento chirurgico. Tutto fa pensare, a questo punto, che sia avvenuto in quell'angusta sala. Ritornando a Enrico, invece, le faremo vedere altre foto, ma la prego di stare calma.»

La tensione di Marzia era ai massimi livelli. Quando Rinaldi estrasse delle foto che ritraevano la maglietta "Odio gli Hipster" e i jeans neri di Enrico, scoppiò a piangere.

«Signorina, non si agiti, la prego» disse il maggiore cercando di usare un tono più morbido possibile, cosa che gli riusciva piuttosto male «ho bisogno di una risposta chiara: sono i vestiti del suo fidanzato?»

Lei annuì, continuando a piangere e a osservare le foto con attenzione, quasi volesse catturare qualche particolare.

«Senta, la situazione è davvero sui generis. Dobbiamo fare ancora molti rilievi, è presto per fare ipotesi e quant'altro. Posso dirle che, oltre a questi vestiti che testimoniano la presenza del suo fidanzato in loco, non ci sono altre sue tracce.»

Anche l'orario, per adesso, non è definibile con precisione. Potrebbe essersene andato prima della carneficina, o qualcuno potrebbe averlo portato via con sé...»

Marzia non parlava, non sapeva cosa dire.

«All'inizio abbiamo pensato ad un'organizzazione dedita al traffico di organi» intervenne il tenente Marchetti «ma al cadavere nel congelatore non è stato asportato nulla, e inoltre mancano strumenti specifici come i contenitori biologici. Per ora è troppo presto, le ripeto. Faremo tutto il possibile, metteremo in campo ogni risorsa che abbiamo. Il caso ha una rilevanza enorme, sia per il numero delle vittime sia per i contorni oscuri della vicenda. Stia tranquilla, glielo prometto.»

«Lo troverete? Mi dica che lo troverete!»

«Faremo tutto il possibile. Tutto.»

5.2

Lunedì, ore 09.05

Marzia si alzò a fatica dal letto. Si diresse svogliatamente verso la cucina, prese la moka e la riempì. L'ennesima notte insonne iniziava a pesare sul suo organismo, se ne rendeva perfettamente conto. Non aveva la minima voglia di andare a lavorare e non sentiva nemmeno il bisogno di chiamare. Tanto, con ogni probabilità, il suo capo avrebbe sfoderato un'aura di comprensione ma al contempo le avrebbe fatto capire che dal lavoro era meglio non fuggire. *Magari ti distrai,* le avrebbe detto. Certo.

Schiacciò il pulsante della velocità 4 sul suo piano cottura a induzione. Qualche minuto e il caffè sarebbe uscito.

Sentì provenire dalla camera il tipico suono che il cellulare emetteva all'arrivo di un SMS. Pensò che, se non un Tg mattutino, almeno Google News doveva aver già riportato la notizia dell'accaduto, quindi quello poteva essere un messaggio di Salvatore o Roberto. Non aveva nessuna voglia di dare spiegazioni, ma decise comunque di guardare di chi fosse.

Quando fu davanti alla camera da letto, sentì una leggera brezza alle spalle. Si girò e notò che la porta di casa era socchiusa.

Neanche il tempo di pensare a quando o come poteva averla lasciata aperta che una mano le coprì la bocca: un istante dopo, una puntura nel collo e un rumore di uno stantuffo abbassato. Marzia si dimenò per qualche secondo, ma qualcuno la stringeva con forza. Poi sentì il corpo cedere e perse i sensi.

Riaprì gli occhi a fatica, sbattendo le palpebre che pesavano come macigni. La testa tendeva a ondeggiare a destra e a sinistra, e doveva fare uno sforzo enorme per tenerla dritta. Era seduta. Tutto il suo corpo era intorpidito e la risposta muscolare rallentata. Anche il tatto era sensibilmente diminuito, tanto che si accorse solo dopo alcuni secondi di essere legata mani e piedi con delle manette in velcro.

Si guardò attorno, cercando di capire dove si trovasse. Si trattava di una specie di capannone abbandonato, a giudicare dai vecchi macchinari ricoperti di polvere. Forse una falegnameria o qualcosa di simile, visti i pezzi di legno di varia foggia disseminati un po' ovunque. Dalle finestre, molte delle quali non avevano più i vetri, entravano pallidi raggi di luce, che perlomeno la aiutavano a capire se fosse giorno o notte.

Alle sue spalle sentì alcune persone confabulare e un rumore di passi.

«Ben svegliata, Marzia» esclamò una voce dall'accento familiare. Lei si concentrò nel tentativo di capire chi fosse, ma non ci riuscì. «Perdonami per tutto questo.»

L'uomo si avvicinò alla sua sinistra con una sedia in mano e lentamente la posò di fronte a lei, accomodandosi. Fece un cenno con la testa rivolto verso il fondo della stanza. Marzia sentì diversi passi allontanarsi finché un rumore metallico sancì la chiusura di una serratura, poi fissò il volto del suo aguzzino per alcuni istanti, cercando di recuperare la lucidità necessaria per associarlo a un nome. Tutt'a un tratto sussultò. «Tu sei...»

«Sì, sono io» confermò l'uomo, sfiorando l'anello con la pietra nera che aveva al mignolo «il tizio in cerca di casa che conosci come Tommaso Albenga. Ovviamente, non è il mio vero nome.»

L'espressione del suo viso era placida e accomodante. Non sembrava animato da cattive intenzioni, ma la situazione era tutt'altro che favorevole per Marzia.

«Che cosa sta succedendo?» chiese con le labbra tremanti.

«Mi chiamo Robert. Ti chiedo nuovamente scusa per la modalità con cui sei stata condotta qui, ma non c'era altro modo per esporti la situazione con chiarezza senza che andassi alla polizia. Devo farti un lungo discorso, Marzia, e sappi che sarà molto complesso. Ti metterà a dura prova, sia a livello psicologico che personale.»

«Un discorso? Ma cosa stai dicendo? Che intenzioni hai?» gli domandò lei quasi in lacrime «Perché mi hai legato?»

«Perché dovrai ascoltarmi. Stai tranquilla, non ho la minima intenzione di farti del male. Voglio parlarti anche di Enrico.»

Nel sentire il nome del fidanzato, Marzia si rianimò di rinnovato vigore. «Come fai a conoscere Enrico? Non dirmi che sei stato tu a...»

«È stato prelevato con la forza. Non siamo stati noi a rapirlo e a uccidere i membri di quel gruppo» affermò l'uomo serio in volto «ma in compenso so chi è stato. E conosco il motivo.»

5.3

Domenica, ora locale 19:07

La carovana di veicoli composta da sette cingolati Prinoth era arrivata in ritardo di oltre tre ore sulla tabella di marcia alla Stazione Scientifica M220, di proprietà degli Stati Uniti d'America, nella parte di territorio dell'Antartide chiamato Terra della Regina Maud. Erano stati costretti a ripararsi dietro una collina a causa di una forte tempesta di neve scoppiata all'improvviso ed erano ripartiti solo quando sicuri di non mettere a repentaglio se stessi e il prezioso carico.

Il campo base, composto da una serie di baracche in *fiberglass* coi tetti a cupola, era in evidente stato di abbandono. Se ci fosse stata anima viva nelle vicinanze, sicuramente si sarebbe chiesta cosa diavolo ci facesse un convoglio di sette veicoli pesanti in mezzo a un mucchio di catapecchie deserte. Ma quello era un posto dimenticato da Dio, e i mezzi con le vivande e il "carico speciale" non avrebbero destato alcun sospetto.

«Base, qui è la spedizione 690. Siamo in posizione, fateci scendere.»

«Nick, sei tu? Fanculo, Nick, siete vivi allora... vi avevo dato per dispersi.»

«Abbiamo avuto solo qualche intoppo climatico» rispose il conducente, riconoscendo dalla voce il fratello Jason. Erano stati chiamati assieme in Antartide da quasi due anni, ma l'istinto protettivo di Jason nei confronti del fratello minore lo faceva andare in paranoia ogni volta che quest'ultimo partiva per una missione di recupero.

«Ho già ricevuto la visita del dottor Cooper e del suo staff» disse Jason con voce lagnosa «mi hanno strigliato per colpa vostra. Vuole altri pupazzi con cui gingillarsi.»

La comitiva di sette convogli si addentrò verso il centro dell'accampamento, poi si dispose in formazione rettangolare in maniera precisa. La forza dell'abitudine.

«Apri la paratia e facci scendere, Jason» ripeté Nick «puoi chiamare il dottor Cooper e dirgli che il suo carico speciale è arrivato. La *Caccia* è stata proficua... sono in cinque.»

5.4

Marzia era disorientata.

«Se mi prometti che non farai stupidaggini» riprese il misterioso individuo «ti tolgo i legacci.»

«Cosa ti aspetti che ti risponda?» replicò lei «Immagino che tu sia armato, quindi anche volendo...»

Robert sorrise. «Nonostante la situazione particolare dimostri una grinta innata. Mi piace. E potrebbe tornare utile.»

Si avvicinò e le tolse le manette a gambe e braccia. Quando le sue dita la sfiorarono, Marzia percepì delle strane fitte di dolore, come piccole punture di vespa.

«Ti sto facendo male?»

«No, solo un po' di fastidio» rispose lei ironica «ma grazie per il pensiero.»

«Ti ricordi cos'è questa sensazione?» le chiese.

«In che senso?»

Dopo averle liberato le caviglie, l'uomo tornò a sedersi di fronte a lei.

«Quando sono venuto nell'agenzia dove lavori ci siamo stretti la mano. Ricordi che dopo un po' l'hai ritratta? Immagino tu abbia sentito dolore.»

Marzia ripensò a quell'episodio e la sensazione provata le tornò in mente. «Sì, è vero. È stato strano.»

«Il motivo è la pietra incastonata in quest'anello» spiegò lui, indicandola «è un minerale ufficialmente sconosciuto. Si chiama *Xiniolite.*»

La ragazza parve infastidita. «Adesso non mi pare importante parlare di minerali, dimmi cosa sai di Enrico!»

«È importante, invece. Fa tutto parte del discorso che devo farti. Questa pietra interagisce con te, o meglio, con il tuo *microimpianto*.»

«Il mio che?» ribatté Marzia con faccia stranita.

«Microimpianto. In parole povere una struttura nanotecnologica avanzatissima che ti è stata impiantata nel cervello durante un'*abduction*.»

Marzia rimase in silenzio per alcuni istanti, cercando di metabolizzare le parole di quell'uomo. «Abduction... intendi i rapimenti alieni? Ma allora sei uno di quel gruppo di pazzoidi!»

L'altro scosse la testa. «Se avessero saputo come stavano le cose forse sarebbero ancora vivi. In realtà erano un gruppo di buffoni o poco più, con un capo psicopatico.»

«E allora chi ti manda, Robert?»

«Non immaginarti il rapimento alieno come lo descrivono i racconti popolari» continuò lui senza dar seguito alla sua domanda «non abbiamo mai assistito direttamente a uno di essi. Non sappiamo nemmeno se esistano o meno questi alieni. Potrebbe essere un processo interamente meccanizzato. Finora sono stati trovati solo degli involucri, quelli conosciuti come UFO, ma nulla sembra avvalorare la tesi della presenza fisica di qualcuno all'interno di essi.»

Marzia scoppiò in una risata isterica. «Dovrei stare ancora a sentirti? Mi hai rapito, drogato, dio solo sa cos'altro, solo per portarmi qui e raccontarmi queste stronzate?»

«Ti sembra che io stia scherzando?» replicò Robert in tono calmo ma con uno sguardo che le gelò il sangue «Volente o nolente, tu hai un microimpianto nel cervello. Hai mai avuto degli episodi di mancanze? Ci sono stati, durante il giorno, lassi di tempo in cui non ricordi cosa hai fatto? Dimmi la verità.»

Alla ragazza venne subito in mente la volta in cui si era ritrovata a letto a mezzogiorno, anziché essere al lavoro. Le venne un tuffo al cuore.

«Immagino di sì, vista la tua faccia. Ebbene, sei stata vittima di un *Missing Time*. Un vuoto temporale dovuto a cause non ancora conosciute, ma senza dubbio collegate al microimpianto, visto che lo sperimentano tutti gli addotti.»

Marzia si mise le mani nei capelli, tastandosi il cuoio capelluto. Il suo respiro si fece più profondo e rapido. Avrebbe voluto replicare, ma non trovava le parole.

«Te l'avevo detto che non sarebbe stato facile da accettare. E non sarà facile nemmeno sapere che *loro* avrebbero dovuto rapire te, non Enrico.»

Il cuore di Marzia saltò un battito. «Co-cosa?»

«Sia il gruppo di svitati del Pastore sia quelli di cui ti parlerò adesso sono stati tratti in inganno dalla storia clinica del suo meningioma. Erano convinti che la sparizione del tumore fosse una sorta di interazione collaterale benefica del *suo* ipotetico microimpianto. Invece lui non lo possedeva, è stato merito del *tuo*. Stando alla sua cartella clinica, Enrico ha detto che circa tre settimane fa i sintomi del meningioma, cioè i giramenti di testa, la vista sdoppiata, le vertigini, sono improvvisamente scomparsi dopo una notte di sonno travagliato.»

«Sì, è quanto mi ha riferito...»

«Ebbene, i giorni successivi alcuni giornali locali hanno riportato la testimonianza dell'avvistamento di strane luci e interferenze elettriche nella zona. Tutto fa supporre che quella sia stata la notte in cui *tu* hai subito l'abduction. Poi, sono bastate poche ore perché le onde del tuo microimpianto innescassero un processo di autodistruzione delle cellule tumorali di Enrico. Loro non ne sapevano nulla, visto che gli studi sulle onde e le sue influenze su individui terzi erano di competenza del nostro leader, il dottor Jaime Alvarez, che li ha portati con sé quando siamo fuggiti.»

«Fuggiti? Fuggiti da dove? Spiegati, per favore! Non sto capendo nulla!»

«Alcuni anni fa un avamposto scientifico in Antartide denominato M220 si stava occupando di studi sulla sismologia e sulle irregolarità nella faglia. Fu ritrovato accidentalmente, tramite le onde radio UWB, un deposito di Xiniolite di dimensioni mai viste. Prima ne furono trovati solo pochissimi frammenti, a parte un piccolo giacimento in Cile poi trasferito nell'Area 51, in concomitanza col ritrovamento del primo UFO. Per questo l'esistenza del minerale venne secretata e iniziarono ricerche in tutto il pianeta. Ironia della sorte, però, il più grande deposito fu trovato, appunto, da una spedizione civile.»

Marzia ascoltava con attenzione. L'Area 51, gli UFO, i microimpianti... tutte quelle informazioni le sembravano incredibili. In un altro momento le avrebbe bollate come stupidaggini, ma qualcosa dentro di lei le suggeriva che non era così.

«Ma la Xiniolite non fu l'unica cosa a essere rilevata. Fu inviato sul posto, direttamente dal Presidente degli Stati Uniti, il generale Rupert Stamphord assieme a un'equipe di scienziati di prim'ordine, esperti di logistica e militari qualificati. Io ero un membro della Delta Force e facevo parte del gruppo. Grazie a fondi ingenti iniziarono gli scavi e venne realizzata una base sotterranea permanente di dimensioni colossali: *l'Installazione Alpha*. Il ritrovamento più importante si ergeva proprio in fondo a questa base, a tremila metri nel sottosuolo: una gigantesca astronave di forma cilindrica, lunga circa tre chilometri e conficcata per buona parte nel terreno. Viene chiamata semplicemente il "Cilindro". Fino ad allora sugli UFO e sui microimpianti non si poteva ancora mettere la parola

fine, pur essendo composti dello stesso materiale: il ritrovamento di questo reperto costituisce invece la prova ultima dell'esistenza di vita intelligente nello spazio.»
Marzia rimase interdetta.

«Da lì in poi, oltre agli studi sull'astronave, ebbe inizio ufficialmente il processo che vi ha coinvolti in tutta questa storia: la *Caccia*.»

Robert si accorse che Marzia stava tremando.
«Stai bene? Posso portarti qualcosa se vuoi.»
La ragazza inspirò a pieni polmoni, cercando di farsi forza.
«No, va' avanti. Cos'è la Caccia?»

«In poche parole, la ricerca e la cattura di tutti gli individui dotati di microimpianto reperibili sul pianeta. I *Cacciatori*, ossia agenti scelti con un passato nelle forze speciali, si occupano di prelevare questi individui con ogni mezzo per poi trasferirli nell'Installazione Alpha. Anch'io ne facevo parte, come avrai immaginato.»

«Ma come facevano a sapere di Enrico? Cioè... informazioni personali, cartelle cliniche, esami: come hanno fatto a ottenerli?»

Robert fece un sorriso amaro. «Perfino un branco di idioti come il gruppo del Pastore è riuscito a conoscere la sua storia, è bastato qualche amico in comune e un radiologo dell'ospedale. Immagina chi dispone di hacker e programmi in grado di infiltrarsi ovunque, informatori compiacenti, risorse economiche e tecnologiche praticamente senza limiti. Bastano poche parole chiave sui motori di ricerca, iscrizioni a determinati siti, e si possono inquadrare i soggetti; poi una breve ricerca sulla loro storia clinica e al minimo sospetto l'individuo viene prelevato. Di solito si fa il test confermativo con la Xiniolite già al momento del prelievo, ma non sempre è possibile, e nel caso di Enrico probabilmente l'avevano dato per certo. La Caccia era iniziata già ai tempi dell'Area 51, ma non aveva queste peculiarità di organizzazione ed efficienza. Le statistiche delle sparizioni negli ultimi tre anni, da quando l'Installazione Alpha funziona a pieno regime, sono aumentate in maniera esponenziale.»

«Quindi cosa gli stanno facendo?»

L'uomo sospirò. «La maggior parte degli addotti cade in coma poco dopo l'arrivo per l'eccesso di Xiniolite. Tutti vengono comunque sottoposti a svariati tipi di esperimenti. Con alcuni si tenta l'estrazione del microimpianto, operazione che non è mai andata a buon fine, che io sappia. Enrico però non ha il microimpianto, quindi non so dirti cosa succederà quando se ne accorgeranno.»

Marzia sussultò. «Cosa... cosa intendi dire?»

«Un soggetto che ha avuto interazioni anche indirette con un microimpianto può essere comunque utile alla sperimentazione» continuò Robert «ma non posso assicurarti che non decidano di eliminarlo.»

«Ed è colpa mia, quindi? Potrebbero ucciderlo per colpa mia?» mormorò Marzia con le lacrime agli occhi.

«La colpa non è di nessuno, se non del gruppo di Stamphord. Quando ero un Cacciatore ho avuto modo di parlare per un lungo periodo con il dottor Jaime Alvarez, il più importante scienziato della base assieme al dottor Cooper. Lo vedevo sempre più affranto per la deriva che stavano prendendo gli studi; il numero delle vittime e la crudeltà degli esperimenti del dottor Cooper, che lui disprezzava, aumentavano di giorno in giorno. Il senso di colpa stava prendendo il sopravvento su di lui, fin quando non confidò a me e a pochi altri il suo proposito di abbandonare le ricerche sui microimpianti e fuggire. Sapeva bene che, se mai ci fosse riuscito, non gli avrebbero dato tregua. Nonostante ciò optammo tutti per questa soluzione. Lui non voleva coinvolgerci, il suo piano consisteva in una fuga controllata durante una spedizione per l'approvvigionamento di viveri, ma nessuno di noi quattro volle tornare indietro.» A quel punto, un timido sorriso si fece strada sulla sua bocca. «A ripensarci, credo sapesse fin dall'inizio di poter far breccia nei nostri cuori, in quello che rimaneva della nostra umanità dopo le cose orribili che avevamo contribuito a mettere in atto. Aveva visto una scintilla in quattro Cacciatori responsabili di una moltitudine di omicidi e rapimenti...»

Marzia ascoltava in silenzio, cercando di asciugarsi le lacrime. Il profluvio di parole dell'ex Cacciatore aveva un tono malinconico, come se trasudassero il rimorso per la sua vita passata.

«Per quasi un anno la nostra vita fu una corsa in giro per il mondo nel tentativo di far perdere le nostre tracce. Poi, quando trovammo il luogo ideale, ci stabilimmo in India. Abbiamo costruito, con grande sforzo, un centro di ricerca e abbiamo iniziato anche noi a cercare addotti, ma non abbiamo mai preso nessuno con la forza: c'è stata sempre un'occasione di dialogo, di spiegazione, come quella che c'è ora fra noi. Adesso siamo in molti, contando anche le nuove reclute.»

«E a quale scopo?» domandò Marzia «State quindi rifacendo le stesse cose di prima?»

«No, assolutamente. Le ricerche del professor Alvarez non sono invasive come quelle di Cooper, inoltre interessano alcune direzioni non ancora esplorate dagli scienziati dell'Installazione. Ci siamo anche scontrati diverse volte con gli uomini del Generale, riuscendo a salvare alcuni addotti, anche a costo della nostra stessa vita. Stamphord continua comunque a impegnare alcuni Cacciatori esclusivamente alla nostra ricerca.»

«Ho capito. E quindi? Cosa possiamo fare per Enrico?»

«Vorrei che venissi con me, Marzia.»

Lei rimase sconcertata. «E cosa potrei mai fare, io?»

«Starai con il nostro gruppo, parteciperai alle sperimentazioni e ti preparerai per quando verrà il giorno in cui daremo l'assalto all'Installazione Alpha. Per Enrico e per tutti gli altri.»

Marzia non rispose.

«Non ti costringerò a fare nulla» continuò Robert «e se non vuoi credermi sei libera di farlo. Puoi tornartene a casa. Puoi anche chiamare la polizia e raccontare questa storia, ma come puoi immaginare dubito che ti darebbero retta. Sappi una cosa, però: gli uomini del Generale potrebbero tornare a prenderti. E da loro non avresti possibilità di fuggire.»

Epilogo

Tre settimane dopo

«Mathias, credo che tu debba dare un'occhiata al sistema di condizionamento» gracchiò il dottor Cooper, camminando di gran carriera lungo il corridoio principale del terzo livello dell'Installazione Alpha «la temperatura non è stabile.»

Il tecnico, intento a riparare un pannello danneggiato in equilibrio precario su una scala, rischiò di cadere quando lo scienziato urtò accidentalmente uno dei ricambi appoggiati al muro, che a sua volta toccò la scala.

David Cooper, come suo solito, non si fermò né a spiegare più in dettaglio il problema né tantomeno a chiedere scusa. D'altronde era stato convocato in tutta fretta dal Generale: era la prima volta che lo sentiva così su di giri, lui che era tutto d'un pezzo, sempre misurato. L'emozione era tanta, Stamphord era molto schivo e si faceva vedere pochissimo dai suoi sottoposti, perfino da lui, il principale scienziato della base.

Quando giunse davanti all'ascensore principale, le due guardie ai lati si misero sull'attenti. Lui non li degnò di uno sguardo e aspettò l'apertura delle porte. Destinazione: il quarto livello, il più profondo dell'Installazione Alpha, denominato la *Culla*.

Dopo una discesa di oltre dieci minuti, lo scienziato uscì e si ritrovò in un piccolo stanzino esagonale completamente bianco. Nella zona centrale apparvero tre cerchi rossi sul pavimento.

Sapeva di cosa si trattava, essendo già stato altre due volte nella Culla: uno *scan* totale del suo corpo. Eseguì la procedura e dopo un lampo verdognolo di pochi secondi, la porta di fronte a lui si aprì. Entrò in una stanza gigantesca e molto buia. L'unica fonte di luce proveniva dal fondo, dalla scrivania del Generale. Stamphord amava l'oscurità, anche se non ne aveva mai spiegato il motivo. Cooper distinse la sua fisionomia seduto alla scrivania, ma notò anche una seconda persona al suo fianco. Non appena mise a fuoco riconobbe una donna molto alta e slanciata, dai lunghi capelli neri e dai seni generosi. Digrignò i denti e infilò le mani nel camice. Non voleva che vedessero con quanta rabbia stava stringendo i pugni. «Dottoressa Chilleri...»

Melissa Chilleri era una brillante scienziata di origine italiana convocata nell'Installazione Alpha dall'Area 51. Era un eufemismo dire che fra i due non scorreva buon sangue: l'arrivo di quella donna, giovane ma dalle incredibili capacità di analisi, aveva messo in ombra l'approccio invasivo di Cooper nello studio sui microimpianti. Poco tempo prima era stata convocata nella Culla da sola e la cosa non era andata giù allo scienziato dai capelli unti e zeppi di forfora: vederla di nuovo lì in quel momento, chiamata prima di lui e per un motivo importante come era facile supporre, lo mandava fuori di testa.

«Vieni avanti, David» disse il Generale «vieni a vedere.»

Il dottor Cooper si avvicinò, mantenendo lo sguardo fisso sulla sua collega-nemica, che si limitava a un mezzo sorriso di malcelata disapprovazione.

Stamphord azionò un pulsante sulla sua scrivania. Le enormi paratie che ricoprivano la parete Ovest della Culla si alzarono, mostrando l'imponente Cilindro nella sua magnificenza. Questa volta, però, c'era qualcosa di diverso: il materiale scuro di cui era composto sembrava pulsare ritmicamente di una strana luce.

Il dottor Cooper rimase a bocca aperta, poi guardò il Generale. «Ma cosa sta succedendo?»

«E non è tutto. Avvicinatevi al vetro e fissate con attenzione il punto centrale proprio sopra il terreno dove è conficcato. Notate niente?»

Il dottore e Melissa, a debita distanza da lui, si appoggiarono allo spessa lastra di policarbonato trasparente che divideva lo scavo e la stanza del Generale. Dopo alcuni secondi Cooper sussultò facendo un balzo indietro.

«Ma... ma...»

«Abbiamo raggiunto il Varco.» spiegò Stamphord, gongolando «Il momento è arrivato.»

Nota dell'autore

La vicenda descritta in questo libro trae spunto, se così possiamo chiamarlo, da una circostanza realmente avvenuta. Il 22 luglio 2015, a seguito di un ricovero per l'ennesimo attacco di epilessia, vengo sottoposto a una risonanza magnetica. Due giorni dopo, la diagnosi: meningioma (tumore al cervello) al lobo frontale sinistro, di dimensioni importanti (circa 3,5 x 4 cm).

È difficile descrivere cosa si prova nel momento in cui ti mostrano la stampa plastificata del tuo cervello schiacciato da quella massa biancastra, col dottore che ti spiega alcuni dettagli tecnici mentre tu cerchi di capire la reale gravità della situazione dalle sfumature delle sue parole, dalle pause, dalle increspature sul suo volto. Difficile anche perché c'ero già passato, visto che poco più di un anno prima avevo perso mia madre per un glioblastoma (la forma peggiore di tumore al cervello).

Il medico mi disse che si poteva aspettare ancora qualche settimana. *Fatti le vacanze, operiamo a settembre*. Potete immaginare che agosto spensierato abbia potuto passare...

Arriva settembre, arriva il momento dell'operazione, rinviata diverse volte per una mia problematica genetica al sangue consistente nel basso numero di piastrine (altro fattore di rischio nell'intervento, giusto per non farmi mancare nulla), per la quale hanno dovuto ordinare un farmaco apposito basato sul mio DNA.

La sera del 22 settembre, verso le dieci, esco sulla terrazza dell'ottavo piano dell'Ospedale San Gerardo di Monza, reparto di Neurochirurgia. Davanti a me si stagliava lo scenario della Monza notturna, con le sue luci e le auto che sfrecciavano.

Guardai in giù: molto alto, pensai. Se mi gettassi di sotto morirei senza accorgermene. Non avevo paura di morire durante l'operazione, non più di tanto almeno, ma mi preoccupavano i rischi collaterali: il lato sinistro del cervello è quello che regola, tra le altre cose, la parola scritta e il linguaggio. *Che cazzo, sono uno scrittore, o almeno ci provo,* pensai, *mi devono rovinare proprio questo?*

Allora scacciai quei cattivi pensieri e mi concentrai su quello che avevo vissuto fino ad allora, un malinconico amarcord delle esperienze positive che più mi erano rimaste impresse. Ed eccola lì, la felicità.

La felicità di quando, a nove anni, mio padre mi portò a vedere Terminator 2. Lui dormiva, io assistevo a bocca aperta, ipnotizzato, al più bello spettacolo mai visto fino a quel momento.

La felicità di quando, a dodici anni, appena trasferito a Monza, percorrevo in bicicletta la tangenziale in costruzione totalmente deserta, assieme ai miei nuovi amici.

La felicità di quando, a ventotto anni, tornavo a casa dopo aver trascorso una giornata al lavoro e trovavo la mia ragazza e mia madre, che non viveva più con me, intente a preparare una splendida cena (e la mia ragazza non sapeva cucinare!).

E allora mi dissi che, nonostante l'epilessia, i problemi economici, la morte di mio padre e di mia madre, e adesso anche il tumore, avevo vissuto dei bei momenti: e dopotutto, una traccia di me nel mondo l'avevo lasciata attraverso i miei libri. Sarebbe stato un buon lascito.

Rientrai in camera con un accenno di sorriso.

La mattina dopo fui operato.

Dopo sei ore il dottore uscì dalla sala operatoria. «L'intervento è terminato» disse alla mia ragazza «è andato bene. Tra poco si sveglierà del tutto, ma potrebbe non parlare per un po' di settimane.»

Previsione sbagliata. Appena aperti gli occhi, ancora tutto rincoglionito dall'anestesia, chiesi agli infermieri in sala: «Ma quando la facciamo l'operazione?»

«Riccardo! L'abbiamo già fatta!»

«Ah. Che figata.»

Mi portarono in terapia intensiva per una giornata, come da prassi, e poi in camera. Tre giorni dopo mi permisero di scendere dal letto e una delle prime cose che feci fu aprire il portatile e iniziare a buttar giù questa storia.

Forse qualcuno si chiederà perché ho scritto questa menata. Beh, non lo so con certezza nemmeno io. In parte, credo, perché mi sento di consigliarvi di vivere al massimo ogni dannato momento su questa Terra. Fate tutto quello che pensate possa portarvi felicità e soddisfazione. E fatelo oggi, non domani. Sembra retorica spicciola, ma non lo è. In ogni momento la vita può cambiare e prendere una direzione da cui potrebbe non essere più possibile tornare indietro.

E in parte, direi, perché... chi meglio di voi lettori può giudicare se l'operazione ha peggiorato o migliorato le mie capacità come autore?

Riccardo Pietrani
Agosto 2016

Hai apprezzato quest'opera? Non perderti il terzo volume: L'Artefatto di San Michele (Progetto Abduction file 3)

Contatti

-Facebook-
AuthorRiccardoPietrani

-Instagram-
riccardo.money.pietrani

-Email-
Riccardo.pietrani@gmail.com

-Mailing List-
Iscriviti alla mia mailing list per restare sempre aggiornato su nuove uscite e promozioni!

ALTRE OPERE DELL'AUTORE:

-La Zona Extramondo

Stato della Chiesa, 1561
Un capitano di vascello e la sua ciurma, di ritorno da un viaggio nelle Americhe, si sacrificano alle torture dell'Inquisizione pur di tenere nascosto il diario di bordo della spedizione e i suoi sconvolgenti segreti.

USA, dicembre 2012
Kayn Grimm, ex professore di genetica, riceve una telefonata da una misteriosa donna che sostiene di avere informazioni sulla morte del padre, avvenuta molti anni prima in circostanze anomale.

Germania, dicembre 2012
Le vicende di un killer russo, Viktor Zagaev, e del detective sulle sue tracce, Matthias Wichmann, si intrecciano con quelle di una oscura organizzazione alla ricerca di un luogo leggendario che svelerebbe il potenziale nascosto nel DNA umano e il destino dell'intero universo.

-Il Cavaliere Nero

14 giugno 2021
Una tempesta solare di forte intensità mette fuori uso quasi tutti i satelliti. Subito dopo, si diffondono segnalazioni di oggetti non identificati in cielo da varie parti del mondo.

16 giugno 2021
Il 10% circa della popolazione del pianeta viene colpita da una febbre altissima. La febbre dura poche ore e non lascia strascichi. La sua origine è ignota.

18 giugno 2021
Un secondo e imprevisto flare solare colpisce la Terra con una violenza devastante, distruggendo tutte le apparecchiature elettroniche.
È l'inizio della fine.

CPSIA information can be obtained
at www.ICGtesting.com
Printed in the USA
BVHW031744021220
594600BV00017B/57